KB070991

숨과 숨 사이 해녀가 산다

동해안 해녀가 길어 올린 삶과 맛

권선희 산문집

숨과 숨 사이 해녀가 산다

동해안 해녀가 길어 올린 삶과 맛

권선희

육지의 봄이 꽃으로 온다면 바닷가 봄은 돌미역 마르는 냄새
로 온다. 경북 동해안 일대 해안선을 따라 펼쳐지는 돌미역의 향
연은 해녀들의 일 년 바다 농사 시작을 알리는 깃발인 셈이다.
벚꽃이 피기 시작하면서 사과꽃, 배꽃도 피고 지고 작은 열매를
맺을 때까지 해녀들은 봄 바다에 젖어 산다. 맨몸으로 바다에 뛰
어들어 갈빛 미역 다발을 끊고 아까운 봄볕 놓칠세라 널어 말린
다. 그렇게 봄을 연 해녀들은 일 년 내내 전복, 소라, 멍게, 성
게, 문어 등을 건져 올리고 한겨울 언 손 불며 채취한 말똥성게
작업을 끝으로 한 해를 접는다.

해녀를 모르는 이는 드물 것이다. 그러나 대부분이 제주 해녀
를 떠올리는 것도 사실이다. 제주 해녀 문화는 일찌감치 2016년
12월 유네스코 인류무형문화유산으로 등재되고, 2017년 5월에
는 국가무형문화재 제132호로 지정되었다. 하지만 삼면이 바다
인 우리나라는 동해, 서해, 남해 모두 해녀가 있다. 그중 경북 5
개 시·군 해안을 따라 펼쳐진 약 536.99킬로미터에 이르는 동
해는 우리나라 총 해안선의 3.6퍼센트를 차지하며, 이를 무대로
살아가는 해녀들 수도 상당하다.

2020년 8월 말 기준으로 경북 해녀(잠수어업인) 등록 현황
을 보면 총 1,493명이다. 포항이 1,068명으로 가장 많고 경주
가 148명, 영덕 204명, 울진 63명, 울릉군 10명 순이다. 제주도
3,820명(2019년 기준)에 이어 두 번째로 많은 숫자다. 이들은
길게는 60여 년에서 짧게는 30여 년 이상 잠수 경력을 가진 해
녀들이다. 그럼에도 동해 해녀들에 대한 관심과 조명은 그동안
소홀했던 것이 사실이다. 해녀는 단순한 작업 군을 넘어 동해 연

안의 수중 지형과 수산물의 분포, 생태계 변화까지 많은 자료를 몸으로 읽어 낸 사람들이다. 기록과 연구를 통해 가치를 인정받아야 할 충분한 조건을 지녔다.

2000년 봄, 동해 작은 항구 구룡포에 더도 덜도 말고 딱 3년만 바다를 써 보겠다고 들어왔다. 이곳에서 사람들과 어울려 살며 그들의 이야기를 받아 적는 동안 고래잡이를 만나고, 배목수를 만나고, 머구리를 만났다. 바다는 푸른 바다만이 아니었다. 바다를 터전으로 살아가는 사람의 사연과 직업들, 그들이 살아낸 긴 세월을 품은 모든 것이 바다였다. 그러나 너무 익숙해서였을까? 내다보면 이웃 형님이 물질을 하는 바다, 힘겹게 메고 올라온 망사리 가득하던 미역의 무게, 물이 뚝뚝 흐르는 손으로 건네주던 소라 한 봉지, 퉁퉁 부은 무릎에 붙이던 파스 한 장의 위로, 물속에서 가장 본능적 배설조차 대책 없이 해결하며 앞바다를 드나들던 사람들. 오롯이 맨몸으로 바다로 들어 누이로 엄마로, 딸로, 며느리로 살아가는 해녀들에 대한 이야기를 20년이 훌쩍 지난 이제야 만났다.

최근 들어 경상북도는 경북 해녀에 대한 관심을 갖고 여러 사업을 펼쳤다. 특히 영덕군과 경북여성정책개발원에서 펴낸 영덕 해녀 구술생애사 『다시 태어난다고 해도 나는 해녀 할 거다』와 경상북도와 경북여성정책개발원에서 펴낸 『경북 해녀의 일·삶·문화』 등은 경북 해녀의 삶과 문화, 인생에 대한 전반적인 것을 상세히 기록하고 있어 그들의 애환과 해녀라는 직업에 대한 이해도를 높였다. 기록자들을 통해 세상에 나온 해녀들은 가난하고 고단한 시절을 아득한 바다를 믿고 건너왔다.
그들의 이야기 속에는 개개인의 사정을 넘어 우리나라 근대

적 상황과 어촌 문화에 대한 구조와 변화들이 들어 있었다. 전쟁과 종전, 근대화를 겪은 이들이라면 그 무대가 어디든 삶은 힘겨웠을 것이다. 하지만 해녀들은 두려움의 대상일 수도 있는 거대한 자연, 바다에 생을 걸었다. 숨을 달아야 산 것인 생명이 그 숨을 참으며 뛰어들었다. 홑겹 천을 감싼 몸으로 계절 구분 없이 드나들었다. 세상이 발전을 거듭하고 인간의 능력을 한껏 과시하며 몸을 부풀릴 때에도 해녀들은 바다가 키운 것만을 감사히 받으며 살아왔다. 가장 자연스럽고, 가장 숭고한 일이다. 해녀는 곤궁한 삶이 밀어낸 막바지가 아니라 어쩌면 운명처럼 바다를 선택한, 바다가 받아 준 유일한 여인들인지도 모른다.

해녀들을 만나며 개인의 인생사는 배제하기로 했다. 기구한 팔자보다는 그들이 지닌 일에 대한 자부심과 현장을 담고 싶었다. 먼저 경북 동해 연안의 수중 지형 특성과 해녀들이 연간 채취하는 수산물의 품목을 정리했다. 그리고 품목별 채취 방법, 유래 및 효능, 조리법, 그들이 사용하는 어구 및 용어 들을 중점적으로 수집하기 시작했다. 인근 구룡포와 호미곶 해녀를 시작으로 영덕, 울진, 감포의 해녀들을 만나며 돌미역, 소라, 문어, 성게, 해삼, 군소, 멍게 등과 우뭇가사리, 소치, 톳, 진저리와 같은 바다풀들. 그리고 지금은 사라져 가는 동해 굴과 돌김 채취의 작업 과정을 구술로 담아 정리했다.

2019년 말 처음 감염이 확인된 이후 전 세계가 코로나19로 혼돈한 시절을 보내고 있는 상황에서도 해녀들의 작업은 계속되었다. 경로당도 폐쇄된 상황에서 이야기를 들으러 가는 일이 쉽지는 않았으나 마을에 함께 사는 이웃으로 받아들여 많은 이야기들을 들려주었다. 작업하는 모습을 손짓 발짓으로 표현해주고, 어구 설명을 하다가도 못 알아듣는다 싶으면 얼른 가지고 와 시범을 보여 주기도 했다. 성게를 깨다가 노란 성게알 한 술 떠먹여 주기도 하고, 밥때가 되면 잡곡밥에 김장김치를 찢어 얹어 주기도 했다. 해녀분들 도움이 없었다면 불가능한 작업이었다. 무척이나 감사한 대목이다.

글을 정리하며 작업 과정을 잘 담은 사진이 함께라면 얼마나 좋을까 생각했다. 그러던 중 사진가 김수정 씨를 만났다. 그녀는 포항에 살며 1년이 넘는 시간 동안 동해 해녀들의 작업을 담아 온 사진가였다. 이른 아침부터 시작되는 작업장을 찾아다니며 해녀들과 이야기를 나누고 사진을 찍은 탓에 대상들의 표정이 좋았다. 딸처럼 살갑게 굴며 해녀들의 일상을 기록하는 작가의 모습 또한 좋았다. 덕분에 김수정 작가의 사진에 기대 마음 놓고 작업을 할 수 있었다. 이 또한 감사할 일이다.

경북 동해 해녀들은 경북 동해 연안을 가장 잘 아는 전문가다. 읍내 골목길은 몰라도 앞바다 바위틈은 환하게 안다는 그들은 동해의 길잡이다. 그들은 언제 무엇이 어떻게 살다 사라져 갔는지, 왜 이곳의 산물들이 맛있는지, 그것들을 어떻게 활용해 왔는지 누구보다 잘 알고 있다. 이들이 사용하는 어구 역시 수중 지형에 따라 발달하고, 개인 취향에 따라 변형되어 왔다. 또 주부인 탓에 채취 품목을 이용한 그들만의 조리법과 민간요법 활용 역시 다양하다. 이를 통해 부가가치 품목들이 많이 생성된다면 어촌의 미래 문화 조감도를 그려 볼 수 있을 것이다.

늦가을이면 장군처럼 실개 들고 미역돌 매러 나가던 해녀 두엇은 앞서거니 뒤서거니 뒷산에 가서 눕더니 여태 내려오지 않으신다. 수술하러 부산 딸네 집에 갔다 오겠다고 나선 해녀도사 년째 돌아오지 않는다. 남은 해녀들도 대부분 고령을 바라보고 있어 언제까지 동해 앞바다 물질이 계속될지는 알 수 없다.

그들은 운명 공동체 못지않은 관계로 바다와 함께했다. 어미가 물질을 나간 바닷가 모래밭에선 아이들이 함께 자랐고, 조류에 휩쓸리는 위험한 순간마다 해녀에겐 해녀들이 있었다. 서로 염려하며 북돋우고 이끌고 따르며 생을 함께해 왔다. 겨울이 한껏 깊어 가는 동짓달 바다 위에 두룽박이 떠 있다. 오늘도 해녀들은 까맣게 온점, 반점 찍으며 동해안 사람살이 문장을 써내고 있다. 그녀들로 인해 바다는 또 한 권의 동해 경전(經典)이 된다.

2020년 겨울
권선희

다음 해 미역이 잘 열리도록 바위를 매는 해녀들의 기세작업

1장

봄바람이 불면 짭조름한 미역 냄새가
꽃향기보다 더 짙게 날아왔지

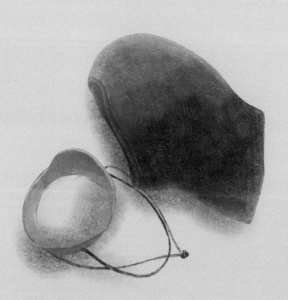

돌미역

돌미역

"돌바리 미역을 바락바락 씻어 소고기랑 솥에 넣고 참기름에 달달 볶다가 물을 부어 푹 끓이면 얼마나 맛있다고. 술술 넘어가지. 양식 미역은 몇 번 끓이면 다 풀어져 힘이 없지만, 돌바리는 끓이면 끓일수록 부들부들하니 맛있다. 소고기도 좋지만 가자미를 넣고 끓여도 시원한 게 맛이 기가 막히다. 솥에서 물이 팔팔 끓으면 생물 가자미를 손질해 넣고 끓여. 가자미가 푹 익으면 건져서 뼈를 추려 낸 후 미역 넣고 끓이지. 그럼 가자미에서 나온 기름이 동동 떠. 그때 국간장으로 간을 해서 먹으면 돼. 우리 집 영감님은 소고기 미역국 안 잡숴. 가자미로 끓여 줘야 먹지. 광어나 도다리를 넣고 끓여도 맨 가자미처럼 맛있어. 미역국은 아 낳고 다 먹잖아. 우리 서울 며느리는 남해 어디 미역을 먹어 보고는 동해 돌바리 미역보다 영 못하다고 하데. 그래서 해마다 내가 보내 줘. 미역 나는 철 되면 며느리네 아파트 이웃들까지 주문을 해서 많이 팔아. 없어서 못 팔지."

세월의 나이테가 박힌 두룽박과 망사리

봄이 온다. 겨우내 맵고 찬 바람 신나게 놀던 언덕에는 청보리 물결이 일렁인다. 마을 어귀 벚나무는 하루가 다르게 꽃을 단다. 음력 2월부터 3월까지 생쪽빛으로 물들인 비단 같은 바다가 미역을 준다. 작업을 알리는 어촌계 일정 따라 동해안 해녀들의 한 해는 미역으로부터 열린다. 몇 번이고 바다를 내다보며 망사리를 챙기고, 미역낫도 챙겼다. 물옷도 꺼내 한번 입어 보고, 물안경도 써 본다. 설 막대목에 전복 주문이 들어와 한나절 잠깐 물질한 것을 제외하면 올해 첫 입수인 셈이다. 지난해 늦가을 기세작업을 한 미역돌에 미역은 많이 달렸을까? 마음은 벌써 머리 타래처럼 까만 미역 너불거릴 앞바다 미역돌에 가 있다.

이른 아침, 국에 밥 말아 대충 떠먹고 물옷 입고서 바다로 간다. 물안경을 쓰고, 오리발도 신고 두룽박을 밀며 간다. 아직은 찬 바닷물이지만 긴 세월 익숙한 몸은 이내 물에 안긴다. 미역돌엔 기다랗게 자란 미역이 수북하다. 작년엔 태풍이 잦아 재미를 못 봤는데 올핸 제법 실하다. 남해는 섬이나 드러난 갯바위가 많

봤나, 내가 잡은 것들 억수로 크고 싱싱하데이

아 바위에서 미역을 끊기도 하지만, 동해는 돌들이 바닷속에 있기 때문에 물속으로 들어가 미역을 끊어야 한다. 노인이나 초보에게 낮은 바다 바위를 양보하고 상군 해녀는 좀 더 멀리 나간다.

멀리서 보기에는 접시에 담긴 물처럼 잔잔한 바다일지라도 물속 사정은 다르다. 흐린 시야와 거센 물살 속에서 질긴 미역 줄기를 다발로 끊고, 당기고, 올리는 작업을 수없이 반복해야 한다. 숨을 참고 나락을 베듯 한 손으로 미역 다발을 거머쥔 채 낫을 든 손에 힘을 준다. 한 번 들어가면 열 다발에서 스무 다발 정도를 베어 들고 올라와 두룽박에 달아 놓은 망사리에 넣는다. 마음 같아선 한 아름씩 안아 올리고 싶지만, 숨을 참을 수 있는 시간이란 겨우 일이 분 남짓이니 어쩔 수 없다. 그렇게 한 망사리 가득 차면 배에서 기다리던 어촌계 사람들이 들어 올린다.

쉼 없이 내려가고 올라오고 하는 일이 힘은 들지만, 거무스름 윤기 나는 미역 다발이 물살을 타고 노는 걸 보면 참 예쁘다. 미역귀 모양도 좋고 근수도 제법 나간다. 한겨울에 자라 충(蟲)이

쉬이 녹스는 미역낫, 그래도 이게 밑천이지

오리발, 나아가게 하는 힘

없고 매끈하니 올핸 미역 돈 좀 만져 보겠다. 부드럽고 질 좋은 미역을 끊기 위해 남들 한창 꽃놀이에 바쁜 봄철 내내 동해안 해녀들은 바닷물에 젖어 산다.

"해녀들은 1월에는 논다. 할 거 없어. 2월 설 막대목에 전복 주문이 들어오면 잡고 안 그러면 2월에도 논다. 그러다가 음력 2월 말에서 3월쯤 되면 한 달 새 미역 다 하지. 날짜를 잘 맞춰야 해. 놓치면 미역이 세고 노래져서 못 써. 바쁘지. 육지에는 풀이 팔팔 나고 꽃도 오만 데서 피지만, 우리 해녀들은 그거 쳐다볼 여가가 어데 있겠나. 울 집 앞에 벚꽃나무 한 그루 있잖아. 거기 꽃이 화들짝 필 때 바다엔 미역이 너불너불해. 물질하러 오메 가메 보는 게 다지. 내 평생 벚꽃놀이는 집 앞에서 다 했다."

예전에는 개인별로 미역 작업을 했다. 육지 사람들이 논과 밭을 팔고 사듯 미역바위도 사고팔 때였다. 해녀가 주인인 바위는 동료 해녀들을 모아 함께 작업을 했고, 일반인이 주인인 바위는 해녀를 사서 작업을 했다. 바위가 크면 서넛이 달라붙어 매고, 작으면 둘이서도 맸다. 미역을 끊어 오면 집집마다 손이란 손은 다 달라붙어 널고 말렸다. 미역 작업의 시작과 끝에는 지역마다 시기적으로 조금씩 차이가 있지만, 동해안 일대 해안가는 봄철 내내 검은 미역이 널렸다. 바람이 불면 짭조름한 미역 냄새가 꽃향기보다 더 짙게 날아왔다.

"미역을 끊어 오면 다 널어 말려서 판다. 쏠쏠하지. 겨우내 벌이가 없다가 돈을 만지면 학비도 대고, 읍내 미장원 가서 파마도 하고, 장날 옷도 사 입으며 모양도 낸다. 지금은 미역돌들이 모두 공동이 되어 네 바위 내 바위 할 것 없이 어촌계 공동 작업을 하지. 우리 감포는 송대말서 시작해 오류해수욕장 끄트머리까지 조를 짜서 하거든. 구역이 제법 넓지. 가에 미역은 국을 끓이면 조금 퍼지기 때문에 저 밖에 좋은 거만 끊어.

배 두 척이 나가면 해녀들이 같이 가서 미역을 하는데, 두 치미 두 치미 네 치미는 해야 겨우 남는다. 많은 양의 젖은 미역을 뭍으로 끌어올리는 일이 무척 힘든데, 요즘은 크레인의 도움을 받아 수월하지. 예전엔 그걸 일일이 우리 손으로 다 옮겼어. 함께 끊어 온 미역은 한데 놓고 고루 섞어. 안 그러면 저마다 끊은 장소가 다르니 누구한테는 좋은 미역이 가고, 또 누구한테는 나쁜 미역이 갈 거 아닌가. 그 미역을 고르게 무덤처럼 무더기로 갈라 1, 2, 3 번호를 써서 붙이고는 제비뽑기를 하지. 해녀들은 열 무더기에 두 무더기를 제 몫으로 받아. 예전만큼 돈이 안 돼. 그래서 우리가 30퍼센트로 올려 달라고 했다. 어촌계는 못 준다 하고 우리는 그래 달라 하고 실랑이를 하다가 결국은 25퍼센트로 합의를 봤다.

올봄부터는 열 무더기에 두 무더기 반을 가져오는 거지. 작년에는 영 못했어. 미역이 달리긴 많이 달렸지만 파도가 워낙 많이 쳐 상품은 좋지 않았지. 정월이나 이월에 파도가 많이 치면 미역은 부서지고, 잘고, 기름기도 빠진다. 파도가 순하면 광채가 나고, 기름기도 있고 좋지. 바다 물건은 뭐든지 사람 공보다 하늘 공이 더 들어야 해.”

미역 하나에도 손이 많이 간다. 어쩌면 물질을 해서 채취하는 작업보다 뒷일이 더 많은지도 모르겠다. 예전에는 미역을 끊어 오면 혼자서는 버거워 품을 주고 사람을 샀다. 미역귀 끊는 사람, 길이를 맞춰 너는 사람, 널어놓은 미역도 일일이 뒤집어 가며 골고루 말려야 했으므로 아까운 봄볕을 놓치지 않으려면 손을 뗄 수가 없었다. 미역귀 하나 말리는 데도 손이 세 번씩 가고, 미역한테는 적어도 열 번 이상 손이 간다.

　요즘은 손질해서 한나절 햇볕에 말린 후 건조기에 넣는다. 생미역을 건조기에 넣을 경우엔 서로 엉기지 않게 한밤중에도 잠을 못 자고 들여다봐야 하지만, 약간 마른 걸 넣으면 늦게 뒤집어도 되니 한결 수월하다. 건조기가 없을 때는 그저 하늘만 바라봤다. 햇볕에 너무 말리면 색이 벌겋고, 비가 오면 썩거나 누리끼리해졌다. 아무리 좋은 미역을 해 와도 하늘이 돕지 않으면 낭패였다. 비가 오면 짚을 엮어 덮었는데 제아무리 단속을 해도 썩어 버리는 게 많았다. 또 모래밭에 발을 세워 말릴 때는 미역에 모래가 붙어 질 좋은 미역을 얻기 힘들었다. 건조기가 생긴 이후로는 실패율이 거의 없고 색도 고르게 낼 수 있게 되었다. 잘 마르니 맛도 좋고, 물론 값도 좋다.

　봄에 좋은 미역을 얻기 위해서는 전해 늦가을에 미리 기세작업을 해 주어야 한다. 기세작업은 미역돌을 매는 작업으로 육지에서 봄 농사 전에 밭을 갈아 고르는 것과 비슷하다. 바위에 붙은 이런저런 부산물들을 깨끗이 긁어내야 미역 포자가 날아와 잘 안착할 수 있기 때문이다. 미역이 달리는 바위를 동해안에서는 미역돌 혹은 미역짬, 미역방구라고 하는데 해녀들은 기세작업을 "돌을 맨다" 또는 "짬을 맨다"고 한다. 자연산 미역을 돌미역이라고 부르는 것도 돌에 붙어 자라기 때문이다. 돌을 맬 때는 1.5미터 정도 길이에 끝이 납작하면서도 뭉툭한 실개라는 도구를 이용한다. 쇠로 만든 실개는 무겁지만 대신 무게가 있어 바위에 붙은 것들을 떼기 쉽고, 매끈하게 다듬는 데 안성맞춤이다. 기세작업에는 해녀들 대부분이 참여한다. 작업 시간당 보수가 지급되기도 하지만, 밭도 매지 않고 미역을 끊으러 가는 건 예의가 아니라는 생각이 더 커서다.

실개로 미역돌을 이래 이래 긁는 거지. 기세작업 시범

예전엔 마을을 돌며 마른미역을 사러 오는 사람들이 있었다. 제때 팔아야 물건이 좋고 돈이 되니 간혹은 실랑이를 하다가도 헐값에 넘겨야만 했다. 그런데 요즘은 일반 가정집도 단골이 생겨 미역 철이 되면 주문이 먼저 온다. 횟집들도 인근 바다에서 채취한 마른미역을 해녀들로부터 구입해 팔기도 하는데, 물건이 달릴 정도로 동해안 돌미역은 인기가 좋다. 사 먹는 사람 입장에서도 청정한 바다에서 해녀가 직접 물질한 미역이라면 그 맛이 배가 되지 않겠나. 게다가 연령층에 구애받지 않고 누구나 좋아하는 품목이니 많이들 찾을 수밖에.

우리나라에는 감곽(甘藿) 또는 해채(海菜)라고도 하는 미역을 해산한 산모에게 국으로 끓여 먹이는 풍습이 있다. 중국 당나라 때의 『초학기』라는 문헌에도 "고래가 새끼를 낳은 뒤 미역을 뜯어먹고 지혈이 되는 것을 보고 고구려인들이 산모에게 미역을 먹였다"라고 기록되어 있으니 미역국의 역사는 제법 깊다. 현대의학에서도 미역은 상당한 영양 성분을 지녔다. 칼슘의 함량이 많을 뿐 아니라 흡수율이 높아서 칼슘이 많이 요구되는 산모에게 좋으며, 갑상선호르몬의 주성분인 아이오딘(iodine)의 함량 또한 높다.

그런가 하면 혈압 강하 작용을 하는 라미닌(laminine)이라는 아미노산도 함유되어 있어 핏속의 콜레스테롤의 양을 감소시키는 효과가 있다. 또 섬유질의 함량이 많아서 장의 운동을 촉진시켜 임산부에게 생기기 쉬운 변비 예방에도 좋으며, 자극성이 적어 자극적인 음식물을 기피하는 산모에게 매우 적합하다. 임산부가 있는 집에서는 해산날이 가까워지면 미리 미역을 사다 놓았는데, 이때 장사꾼이 미역을 그대로 주는지 꺾어서 접어 주는지에 따라 순산을 점치기도 했다. 최근에는 체내 미세먼지나 중금속 배출에 탁월하다는 사실이 알려지면서 산모뿐 아니라 일반 사람들도 자주 사 먹게 되었다.

잘 말린 미역은 큰 소득이 되기도 하고 대처로 나간 자식이나 친지 들에게도 좋은 선물이 된다. 미역은 뭐니 뭐니 해도 미역국이 최고지만 미역을 이용한 요리는 생각보다 다양하다. 미역을 잘게 썰어서 장과 기름을 치고 주물러 무친 미역무침, 마른 미역을 잘게 썰어 기름을 두르고 볶는 미역볶음, 손바닥 크기만 하게 자른 생미역에 고추장이나 양념한 젓갈을 올려 밥을 싸서 먹는 미역쌈, 마른미역을 반듯하고 잘게 썰어서 끓는 기름에 튀긴 미역자반, 잘게 뜯은 생미역에 고추장·된장·고기·파·기름·깨소금을 쳐서 주무른 다음 물을 약간 붓고 끓인 미역지짐 등이 있다. 미역귀는 깨끗이 말려서 주전부리하거나 기름에 튀긴 것을 설탕과 버무리면 짭조름한 맛에 단맛이 더해져 별미다. 그리고 물에 빤 미역을 잘게 뜯어 양념한 고기와 한데 무쳐서 볶은 것을 냉국에 넣고 초를 친 미역찬국[甘藿冷湯], 미역귀[胞子葉]로 담근 미역귀김치 등도 문헌의 기록을 통해 남아 있다.

돌미역의 경우 색이 짙고 광택이 있으며 두껍고 탄력 있는 것이 좋다. 생미역은 보관 방법이 까다로운데 살짝 데쳐서 보관하면 미역의 초록색을 그대로 보존하는 동시에 미생물의 번식을 막아 더 오래 보관할 수 있다. 동해안 횟집들은 제철이 아닌 계절에도 싱싱한 미역을 내놓는다. 이는 봄철 작업한 돌미역을 냉동 보관 후 먹을 때 꺼내서 바락바락 치대 살짝 데친 것이다. 숙성이 된 탓인지 제철 미역보다도 훨씬 부드럽고 식감이 좋다. 새콤한 초장에 찍어 먹으면 입맛이 돈다.

바다가 있고 해녀가 있는 한 동해의 봄은 가무잡잡한 미역 냄새로 가득할 것이다. 밀가루 포대 무명을 기워 홑겹 잠비(해녀 작업복)를 만들어 입고 바다에 들던 처녀들도 이젠 칠순, 팔순을 바라본다. 튼튼한 물옷과 공동 작업장이 생겨 바위틈에 불을 피우고 젖은 몸을 데우던 불편함은 사라졌다. 남겨 두고 나가면 애잔했던 어린것들도 저마다 일가를 이루어 잘 산다. 그러나 해녀들의 일상은 여전히 사철 바다를 떠나지 않는다. 읍내 골목은 다 몰라도 앞바다 골골샅샅 바윗길은 훤히 안다. 봄바람이 미역을 나르는 동해 바닷가 마을. 해녀들은 바다 위에 온점 찍으며 생의 문장을 쓰듯 물질을 한다. 비탈진 오두막에서는 나이 들어 더는 물에 못 들어가는 해녀가 앞바다를 바라본다. 마음은 저만치 잘생긴 바위에 너울거리는 미역을 함께 끊는다. 여기저기 아픈 몸에도 잠시 물이 오른다.

2장

물건만 많으면 수심바리도 힘든 줄 몰라

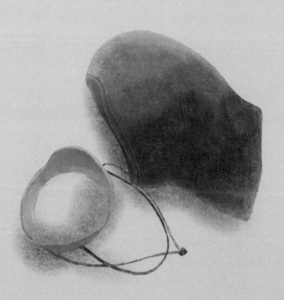

전복

전복

　해녀들이 부푼 망사리를 메고 뭍에 오른다. 햇살을 받아 빛나는 검은 물옷에서 물이 뚝뚝 떨어진다. 얼굴엔 물안경 자국이 선명하다. 반쯤 벗은 물옷 바람으로 전복을 풀어놓는다. 간밤 꿈이 좋아서인지 제법 건져 올렸다. 이 정도면 명절도 쇠고 대학 가는 손자 용돈도 넉넉하게 쥐여 줄 수 있겠다. 해녀들에게 바다 산물은 모두가 귀하고 고마운 것이지만, 전복은 찾는 사람도 많고 값이 좋으니 더더욱 반가운 품목이다. 얇은 광목 바람에 맨발로 보리등겨 주물러 찐 개떡을 먹으며 물질하던 시절에도 전복은 단연 인기였다. 물건만 많으면 수심바리도 힘든 줄 몰랐다.

　"무서운 줄도 모르고 뛰어들었지. 그때는 어데서 힘이 나는지 나더라. 이 마을 호미곶 구만리에 물건이 많았다. 전복도 이마이 큰 게 수두룩했지. 여기 물속은 한참이 바위야. 책들을 쓰러뜨린 것처럼 길게 나가 있어. 거기 펄럭거리는 도박(은향초)

우리 동해 전복이 최고야

이 많았는데 그 도박을 들추면 누르스름한 전복이 어른 손바닥만 했어. 큰 놈은 등껍데기가 두툴두툴해. 풀도 붙고 작은 조개도 붙어살아. 전복은 암놈과 숫놈이 따로 있는데 숫놈이 허연거를 내보내면 암놈이 그거를 받아 알을 갖는다 하데. 허연 거내보내는 거는 가끔 봤지. 크고 좋은 전복은 알맹이가 누레. 그걸 약전복이라고 하거든. 팔 건 팔고 두어 마리는 남겨 두었다가 썰어서 아들들 볶아 주곤 했다. 참 맛있게도 먹었지. 그래서 그런지 자랄 때 감기 한 번을 안 걸리더니만, 글쎄 우리 손자들도 얼매나 굵은지 모른다."

8월이 제철인 전복은 다양하고 영양 성분이 풍부하여 '바다의 산삼'으로 불린다. 최근에는 바다 자원 고갈에 대한 방책으로 금어기를 정해 작업한다. 전복 금어기는 산란기에 드는 9월에서 10월까지이며 7센티미터 이하는 잡지 않는다. 제주도는 시기가 다르다. 10월에서 12월까지가 금어기이며 10센티미터 이하 채취를 금하고 있다. 많이 잡기보다 잘 키우기에 중점을 두고 스스로 바다 자원을 지키고 가꾸는 것이다.

조선 후기 문신 정약전이 귀양 가 있던 흑산도 연해의 수족(水族)을 취급하여 1814년 저술한 『자산어보(玆山魚譜)』에는 전복을 복어(鰒魚)라는 이름으로 아래와 같이 소개한다.

"살코기는 맛이 달아서 날로 먹어도 좋고 익혀 먹어도 좋다. 가장 좋은 방법은 말려서 포를 만들어 먹는 것이다. 그 내장은 익혀 먹어도 좋고 젓갈을 담가 먹어도 좋으며 종기 치료에 효과가 있다. 봄과 여름에는 독이 있는데 이 독에 접촉하면 살이 부르터 종기가 되고 환부가 터진다."

또 1653년 제주목사 이원진의 발의에 의해 당시 제주의 전적(典籍) 고홍진의 감교로 완성된 『탐라지(耽羅志)』는 제주도에서 전복은 말, 감귤과 함께 임금께 진상하는 귀한 공물이었다고 전하고, 제주 『풍토기(風土記)』에는 해녀들이 갖은 고생을 하면서 잡은 전복을 탐관오리들의 등쌀에 못 이겨 뜯기고 굶주림에 허덕였다는 얘기도 있다. 그런가 하면 중국의 여러 황제와 왕실로부터도 '어패류의 황제', '바다의 웅담' 등 힘이 넘치는 별명을 얻으며 사랑을 받았다니 전복이야말로 으뜸 해산물임에 틀림이 없다. 정약전이 머물던 흑산도 일대나 제주도뿐만 아니라 동해에서도 전복은 맛과 영양, 약효에까지 도움을 주는 것으로 귀한 대접을 받는다. 동해의 수중 바위를 돌아 나가는 빠른 물살과 풍부한 해초들이 맛좋은 전복을 길러 내기 때문이다. 식도락가들 사이에서도 동해의 자연산 전복회 맛이 가장 뛰어나다고 소문이 났다니 당연히 값도 좋을 수밖에.

전복을 채취하러 물에 들 때는 빗창을 허리에 차고 간다. 빗창은 너비가 2.5센티미터 정도 되는 쇠로 만든 도구로 바위에 붙은 전복을 떼어 낼 때 유용하다. 해녀가 전복을 발견하면 즉

시 허리에 찬 빗창을 빼낸다. 행여 빗창을 놓칠 경우를 대비해 빗창 손잡이에 고무줄을 달아 놓는데, 전복을 잡을 때는 고무줄에 손목을 단단히 끼워 휘감는다. 전복은 껍데기 뒤쪽으로 빗창을 찔러 넣어 들어내야 쉬이 잡는다. 앞쪽으로 빗창을 넣으면 전복이 물고 놔주지 않기 때문이다. 빗창을 잘못 찌르면 살이 상한다. 또 단번에 전복을 떼어 내지 못할 경우에도 전복이 빗창을 물고 늘어지는 경우가 생긴다. 그럴 때는 얼른 손목의 빗창을 풀고 탈출해야 한다. 기어코 전복을 떼어 내려 용을 쓰다가는 숨이 다해 목숨을 잃을 수 있다.

전복을 채취할 때 쓰는 도구는 빗창 외에도 여러 가지가 있다. 빗창보다 좀 더 긴 팔세나 꼭기는 바위에 단단히 붙어 있는 전복을 따는 데 유용하다. 그러나 전복이 사는 지형이나 바위의 형태가 제각각 다르고 손을 쓰는 해녀들의 취향이 달라 사용하는 어구도 차이가 있다. 예를 들어 팔세는 평평한 곳에서 전복을 콕 찍을 때에 잘 떨어지는 어구이며, 모양이 제각각인 바위에 붙어 있는 전복은 꼭기로 찍어 잡아당겨야 한다. 저마다 손놀림이 다르니 쓰기 편한 것, 자신의 손에 잘 타는 것을 들고 들어간다. 개중에는 작업하는 바다 바위 특성에 적합하도록 어구를 더 구부리거나 펴는 등 변형해 사용하기도 한다. 물옷을 입은 채 허리에 납덩어리를 차고 꼭기나 팔세, 망사리와 조래기까지 준비해야 하니 전복을 잡으러 갈 때는 도구 준비에도 여간 신경이 쓰이지 않는다.

"요즘은 전복을 키로(kg)로 달지만, 예전 할매들은 크기에 상관없이 꼬지로 했어. 열 마리면 한 꼬지라고 했지. 전복을 많이 할 때는 날로도 팔았지만, 삶아 꿰어서도 팔았거든. 많이 잡아 물에 담가 놓으면 죽는 것도 있잖아. 그런 거는 삶아서 꼬지에

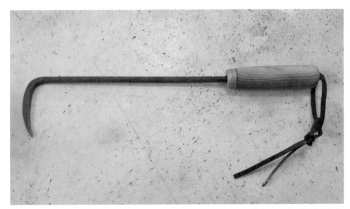

꼭기로는 못하는 게 없어. 오만 거 다 잡아.

꿰어 판 거지. 날것이 값은 좋지. 그리고 전복 따러 물에 들어갔을 때 전복이 여기도 있고 저기도 있으면 여기 거를 따고 퍼뜩 올라와야 해. 숨을 쉬고 다시 내려가 남겨 놓은 거 마저 따서 올라와야지. 다 따려고 하면 숨이 차 죽는다. 항상 숨을 여유롭게 놔두고 올라와야 해. 내가 죽으면 전복이고 뭐고 끝이잖아."

"굵다란 전복을 조래기 가득 따 들고 올라오던 것도 추억이 되었지. 이제는 깊은 데 가서도 한참 찾아야 몇 개 나오고 그래. 어데 양식 전복에 그 맛을 비하겠나. 우리 앞바다에서 자유롭게 풀 뜯어 먹고 산 전복이 구수하니 부드럽고 맛나지. 몰라. 금어기도 정하고 바다를 보호하니 언젠가는 옛날처럼 굵다란 전복이 수두룩 사는 날이 오려는가. 그때 우리 해녀들은 모두 저 산 아래에 뗏장 덮고 누워 자고 있겠재?"

동해 해녀들은 '저승 앞에 욕심 있다'는 말을 쓴다. 어찌하든 있을 때 많이 줍고 보겠다는 육지에서의 습성은 물에서 통하지 않는다. 깊은 물속에서 숨을 참고 하는 작업이라 조금만 욕심을

파도가 센데, 우짜나?

부려도 목숨을 놓칠 위험이 크다는 소리다. 비단 바닷속 해산물을 채취하는 해녀들에게만 적용되는 말이겠나. 과한 욕심은 언제나 탈을 불러오는, 인생사에 접목해도 너무나 적절한 말이다. 적당히 취하고 놓을 줄 아는 자세. 단번에 욕심을 채우지 않는 해녀들의 지혜에는 삶의 철학이 담겨 있다.

예전에는 제각각 능력만큼 따서 올렸다. 부지런을 떠는 만큼 돈이 되었다. 하지만 전복 역시 공동 작업이 시작되고부터는 개인 물질이 불가능하다. 물론 공동 작업에도 많이 잡은 사람에게 그만큼은 배당이 가지만, 잡은 것이 모두 수입이 되지는 않는다는 얘기다. 어촌계 공동 작업은 바다의 자원을 관리하고 해녀들의 안전을 보호하는 이점이 있지만, 다른 한편으로는 정해진 시간에 모두 함께 들어가야 해서 자투리 수입이 사라진 아쉬움도 있는 것이다. 아주 오래전엔 아무 때나 필요하면 물에 들어가 채취를 할 수 있었고, 바위 주인이 고용해 작업을 할 때는 채취한 해산물을 한번씩 숨기기도 했다. 돌 밑에 전복이나 소라를 감춰 놓았다가 한밤중 그것을 가지러 다시 물로 들어가는 것이다. 나중에는 그러한 해녀들을 단속하기 위해 밤에 지키는 사람도 생겼다. 물론 붙들려서 다 내놓아라, 못 준다 실랑이가 벌어지기도 했지만 너나없이 고만고만했던 살림살이를 알고 있었기에 적은 양은 대부분 눈감아 주었다. 그렇게 자투리로 잡은 것들을 이고 이십 리가 넘는 장에 팔러 가기도 했다. 전복을 팔아 보리쌀 두 되, 좁쌀 한 되 사서 머리에 이고 다시 먼 길을 넘어오는 것이다.

"내 눈으로 완전한 진주는 못 봤어. 모르지. 다 갈라 보지 않았으니 팔아먹은 데 있었는지도. 한번은 전복 큰 거 하나 잡아서 보니까 안쪽 껍데기에 볼록볼록하니 희끄무레한 게 붙었더라고. 누가 보더니 진주가 되다가 말았다고 하데. 그런데 그런 거는 큰 전복에만 있는 것도 아니고 작은 것에도 왕왕 있어. 색이 허연 것도 있지만 푸르스름한 것도 있지. 전복 껍질이 원래 오색 빛이 나잖아."

전복은 껍데기도 유용하게 쓰였다. 우리나라는 아득한 옛날부터 나무 그릇에 옻칠을 한 칠기를 사용했는데 이후 고려시대에 이르러 나전칠기 공예가 활발했다. 전복 껍데기의 안쪽을 얇게 갈아 오려 붙이고 그 위에 옻칠을 하는 나전칠기는 조선시대에 이르러서는 기술이 더욱 발달해 여러 가지 그림으로도 표현되었다. 기성 목공 가구들이 쏟아져 나오기 시작한 1970년대까지만 해도 공작 암수나 십장생 동물들이 반짝반짝하게 새겨진 자개농이 유행했다. 열두 자짜리 자개농이 병풍처럼 드리우고 아담한 자개 경대가 놓인 안방은 누구나 꿈꾸는 인테리어였다. 그 무렵엔 동해안 일대로 전복 껍데기를 사러 오는 사람들도 있었다. 값이 많이 나가지는 않았어도 모아 두었다가 팔았다. 해녀들 입장에서야 어차피 버릴 것을 산다고 하니 주는 대로 받았다.

생전복은 회로 먹기도 하고 새콤달콤한 물회를 만들기도 한다. 대부분은 죽을 쑤어 먹지만 밥을 지어 먹기도 하고, 돌미역에 전복을 넣고 끓이기도 한다. 간혹 고추장에 박아 삭혀서 장아찌로도 먹고, 끓인 간장을 부어 담근 전복장도 인기다. 또 서해나 제주, 남해 등 각 부위와 만드는 방식에서 조금 차이가 나는 경북 동해안의 전복 내장젓갈은 맛본 사람들로 하여금 지속적으로 찾게 만드는 음식이다. 생전복을 먹을 때는 탈이 날 수도 있으므로 반드시 입과 배설물을 제거해야 한다. 그러나 드물게는 일부러 전복 이빨을 찾아 먹는 사람도 있다. 어린애 젖니처럼 하얗고 연한 두 개의 이빨은 연골처럼 오독오독한 식감을 느낄 수 있다.

구룡포 읍내를 휘돌아 나가는 용주리 부근 바닷가에는 오래된 전복 요릿집들이 모여 있다. 갯바람 짭짤하게 부는 바다의 이마 즈음에 앉은 이곳은 주로 앞바다에서 물질을 하던 해녀들이 식당을 열고 대를 이어 장사를 한다. 이곳은 모두 자연산 전복으로만 죽을 끓여 내는데 가로로 굵게 썰어 넣은 전복이 특징이다. 슬슬 몸살 기운이 돌 때 뜨끈한 전복죽 한 그릇 먹으면 전복집을 나설 즈음엔 이미 나은 듯 기분이 좋아지는 맛이다. 돌김 한 장을 깔고 그 위에 전복을 구워 내는 전복구이도 부드럽고 맛이 있다. 또 싱싱한 전복에 배, 오이 등 채소를 넣고 삭삭 비벼 먹는 전복물회 역시 두말하면 잔소리다. 이 모든 메뉴를 시키면 찬으로 나오는 전복 내장젓갈도 별미다. 남해나 제주에서 게우(전복 내장 중 진액 덩어리)를 이용해 만드는 '게우젓'과는 전혀 다른 부위를 사용하는데 무쳐 내면 쫄깃한 맛이 일품이다.

전복 내장젓갈은 장사가 잘되고 전복 소비가 많아지면서 자연스레 생겨난 음식이다. 전복 살을 발라내 죽을 끓이거나 물회를 하고 나면 내장이 남았다. 전복은 한 번에 10~15킬로그램씩 장만하는데 내장의 양은 1킬로그램이 채 못 된다. 거기서 이빨 떼고 모래주머니 떼고 게우까지 떼고 나면 젓갈용으로 남는 부분은 아주 적다. 그렇게 모은 내장에 소금을 뿌려 냉동실에 보관했다가 먹을 때 꺼내서 무친다. 행여 전복 껍질 조각이라도 있을까 소금에 절인 내장을 여러 번 치대어 씻는다. 그런 다음 양파와 당근을 썰고 고춧가루, 마늘, 물엿, 청양고추를 넣어서 무친 뒤 깨소금을 얹어 내면 된다. 이때 소라나 전복의 살을 썰어 함께 버무리기도 한다. 내장만으로 담글 경우 약간 질길 수 있지만, 소라나 전복 살을 넣을 경우 씹히는 맛이 사뭇 다르다. 갓 지

은 밥 한 술에 잘 삭힌 전복 내장젓갈을 얹어 먹으면 다른 반찬
이 필요가 없다.

3장

문어 꼬치가 어디 붙은 줄 아나?

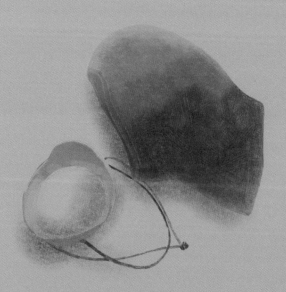

—— 문어

문어

　겨울, 부엌 한쪽에는 어머니가 잡아서 삶아 걸어 놓은 커다란 문어가 매달려 있었다. 아버지 친구가 오시면 어머니는 살짝 언 문어 다리 하나를 끊어 술상을 차렸다. 멀리 나간 큰형이라도 오는 날 저녁엔 문어를 들들 볶아 낸 두레밥상에 꽃 이파리처럼 온 식구가 모여 앉았다. 깊어 가는 겨울밤, 꼬들꼬들 쫄깃한 문어를 씹으며 행복했다. 그땐 몰랐다. 깊은 바다에서 어머니가 문어 한 마리 잡아 올리는 수고를, 숨을 참고 드는 바다가 얼마나 아득한 것인지를.

　11월에서 12월은 말똥성게 작업을 하고 동짓달엔 문어바리를 한다. 문어는 일 년 내내 있어서 다른 작업을 할 때도 잡지만, 섣달과 동짓달 문어가 맛은 제일 좋다. 맛이 좋고 값이 좋을수록 작업엔 어려움이 따른다. 긴 작살을 챙기고 꼭기와 망사리도 챙긴 뒤 목장갑까지 단단히 무장을 하고 물에 든다. 마음속엔 운수가 좋아 굵다란 문어 두어 마리 들고 올라올 수 있으면 좋겠단 바람도 있다. 한 30년 전에는 문어가 정말 많았다. 하루에 십 킬로그램은 우습게 잡았다. 요새는 워낙 통발을 많이 하는 탓에 해녀들이 잡을 게 없다.

문어는 돌 틈이나 구멍에 집을 짓고 산다. 입구에 작은 돌멩이나 모래가 소복하게 쌓여 있는데 이것을 '메파 놓았다'라고 한다. 잘 살피면 밖을 내다보는 문어와 눈이 마주치기도 한다. 문어는 성게를 잡을 때 쓰는 꼭기와 같이 끝이 뾰족하고 날카로운 도구를 사용한다. 문어를 발견하면 까꾸리로 눈과 입 사이를 콕 찔러 잡아당긴다. 생각 없이 잡아당길 경우 머리만 달랑 떨어지고 다리는 구멍에 달라붙어 있기도 한다. 그럴 땐 낭패다. 문어를 잡을 때는 머리를 잘 써야 한다. 백합 같은 조개를 먹을 때 껍데기를 닫지 못하게 돌멩이를 끼워 놓을 정도의 지능을 가진 탓이다.

"어떤 때는 고 입 있잖아. 거기다가 전복 껍데기를 붙이고 있어. 문어가 전복을 잡아먹는 거라. 꼭기로 건들면 먹던 전복을 내버리고 달아나지. 바닷속에 오목한 웅덩이가 있는데 그게 문어 집이라. 문어 구멍이다 싶어 작살로 쑤시는데 잘 안 나와. 어떤 문어는 한 세 번 콕콕 쑤시면 나오는데 어떤 문어는 열 번 쑤셔도 안 나와. 그래 애를 먹이는 게 있다고. 또 어떤 거는 살랑살랑 나와서 작살을 달고 도망갈 때도 있지. 얼마나 빠르다고. 멀리 간다. 그놈을 못 따라가면 위로 올라와 후요~ 숨을 쉬고는 다시 잡으러 내려가지. 가 보면 작살 찍힌 채로 다리를 쫙 펴고 앉아 있지. 지도 힘이 들 거 아이가. 도망가다 안 따라온다 싶으니 쉬는 거지. 가가 살랑살랑 발을 희뜩 젖히면 들고 올라와. 발을 하나든 둘이든 젖혀서 손 붙들 듯이 데리고 와 조래기에다 담지. 우리는 안 놓쳐. 봤다 하면 다 잡아.

큰 문어 5관짜리는 20킬로그램도 나가는데 물동이로 한 동

망사리 가득 건져 올린 바다

이야. 문어는 모여서 안 다녀. 간혹 둘이 있는가 싶어 보면 밑에
한 마리는 죽어서 있어. 산 놈이 죽은 놈을 뜯어 먹는 거지. 그
런 거 빼고는 혼자야. 문어는 발이 온전치 못한 것도 가끔 보이
는데 어디서 공격을 받기도 했겠고 자기 발도 먹는다 하데. 모
르지. 짝다리 사연을 문어가 알지, 내가 아나? 그런데 문어는
다리가 끊어져도 한참 있으면 꼬들꼬들하게 다시 난다. 문어가
사람을 먼저 보면 빨갛다가도 희끄무레 변해. 색깔 변하면 안
보이는 줄 알지. 그래서 그런지 후닥닥 빨리 달라 빼지는 않아.
작살로 쑤시면 그때서야 죽자고 달라 빼지. 맘이야 어디든 쫓아
가고 싶지만 우리는 숨을 쉬어야 하잖아. 이놈이 어디로 가는지
확인하고 물 위로 올라와 숨부터 쉬지. 내가 살아야 문어고 뭐
고 잡을 거 아닌가."

    돌 틈에 숨은 것은 작살로 잡지만 돌이나 바닥에 가만히 앉아
있는 것은 문어가 일어나려고 할 때 손으로 잡는다. 문어 한 마

리 잡으려고 열 번을 들어갈 때가 있다. 돌 깊이 들어가 있으면 애를 먹는다. 간혹 창살로 세게 찌르면 죽어 나오기도 한다. 문어를 잡을 때 보면 머리를 뒤집어 이빨이 사람한테 보이도록 해서 다리를 머리에 올려놓고 있다. 그때 창살로 정확하게 이빨을 찔렀을 때 제일 잡기가 쉽다. 다른 데를 찌르면 창살이 빗나가기도 하고 실패가 많다. 그리고 손을 잘못 대다가는 문어 이빨에 물리기도 한다. 창살이 겨우 들어가는 돌 틈에 문어가 숨어 있으면 죽이지도 못하고 애만 태우다가 나올 때도 있다. 창살로 찔러 놓고 다음 날 가 보면 죽어 있기도 한다. 상처가 많거나 죽은 문어는 값을 제대로 못 받지만 그래도 안 잡은 것보다는 낫다.

경북 동해안 일대 물속 지형은 바위가 많아서 남해나 서해에 비해 물의 흐름이 빨라 문어가 차지고 맛이 있다. 딱히 계절이 정해져 있지 않아 7번 국도변 작은 항구에서 문어 입찰 광경을 만나기는 어렵지 않다. 그중에서도 호미곶 돌문어는 유독 맛이 좋기로 유명하다. 영일만 일대 바닷속이 문어가 서식하기에 적합한 데다 물살이 빠르고 유동적이어서 삶았을 때 야물고 차지기 때문이다. 호미곶면은 돌문어로 축제를 벌이기도 한다. 얕은 바다에 문어를 풀어 관광객이 직접 손으로 잡는 체험 프로그램도 있고, 저렴한 가격에 구입한 문어를 즉석에서 삶아 주기도 한다. 호미곶 해맞이광장의 바다로 난 나무 데크에도 커다란 돌문어 조형물이 있고, 새천년기념관 앞에도 있다. 호미곶 돌문어 축제는 매년 새해 첫날 열리는 해맞이 행사와 더불어 마을의 가장 큰 행사로 자리 잡았다.

물문어는 삶으면 크기가 줄어드는데 돌문어는 삶아도 그다지 줄어들지 않는다. 맛 역시 물문어는 질기고 맛이 심심한 데 비해 돌문어는 탱탱하고 쫄깃하면서도 부드럽다. 호미곶에서는 돌문어 삶은 물까지도 버리지 않고 아이들에게 먹였다. 그 아이

행님아, 허리는 좀 괜않나?

들이 자라 대처로 나가 살 때도 문어와 문어 삶은 물을 함께 보내기도 한다. 부유물이 있어 시각적으로는 그리 당기지 않지만 어릴 적 맛을 본 사람이나 영양가를 따지는 사람들은 간혹 문어를 주문하면서 국물을 함께 달라고도 한다. 그러나 대부분이 문어 삶은 물을 먹는다는 것을 알지 못하기에 상인들은 원하는 이에겐 주고 그렇지 않으면 버린다. 문어 삶은 물을 잘 이용하면 섬진강 재첩국 못지않은 호미곶의 특산품이 될 수 있겠단 생각이 든다. 간이 잘된 국물에 문어 쫑쫑 썰어 넣고 땡초와 쪽파도 넣고 파란 부추를 얹어 내면 어떨까? 뚝배기에 담긴 뜨끈한 문어탕에 밥 한 공기 꾹꾹 말아 훌훌 떠먹는 맛은 생각만으로도 식욕을 자극한다.

"한번은 죽다 살아났어. 물 밑에 내려갔는데 큰 놈 문어가 도망도 안 가고 모래 위에 떡하니 앉아 있는데? 그래 작살로 콱 찔러 올라오는데 이놈이 내 몸을 감더라고. 식식 감아. 다리 하나가 붙으니 이내 줄줄 다 붙데. 이게 옴팡지게 크니까 사람을 가라앉히더라고. 아이고, 이러다 죽겠다 싶어 내 머리를 썼지. 어떻게 해야 살아나겠나 하고 몸을 살살 흔들며 간질였어. 내 몸짓이 크면 싸우자는 줄 알고 문어도 대들 게 아닌가. 그랬더니 문어가 다리를 슬슬 풀고 삭 나가 저쪽에 가 앉더라. 요때다 싶어 죽을 둥 살 둥 올라왔지.

물 위로 올라오니 내 얼굴이 시퍼렇잖아. 옆에 제주서 온 해녀더러 "내 죽다 살았다. 문어 좀 가 봐라." 했더니 "어데?" 하며 들어가데. 그러더니만 다시 올라와서 혼자는 자신이 없다고 같이 내려가자는 거라. 둘이서 내려가 몸에 안 붙도록 다리를 살살 끄잡고 올라왔지. 중간 사람까지 거들어서 조래기에 대충 담아 나왔는데 얼마나 큰지 한 다라이더라. 문어가 큰 놈은 상당히 위험해. 머리가 있고 요령이 있어야 잡지. 힘으로만은 절대 못 잡아. 그나저나 문어 꼬치 봤나?"

문어의 암컷과 수컷을 구분할 줄 아는 이는 드물다. 수컷 문어는 총 여덟 다리 중 세 번째 다리에 빨판이 없다. 세 번째 다리 아래쪽 끝부분이 반지르르하다. 그 부분은 수컷의 생식기로 짝짓기할 때 암놈의 몸에 삽입된다. 암놈은 수컷이 맘에 들면 받아들이고 그렇지 않으면 거부한다. 수컷 문어는 맛도 다르다. 삶았을 때 짠맛이 더하고 질기다. 그리고 암놈에 비해 채취량이 많지 않은데 그 이유는 짝짓기 이후 죽거나 암컷이 수컷을 잡아먹기 때문이다. 어찌 보면 암컷이 상당히 야박해 보이지만 그렇지도 않다. 짝짓기를 끝낸 암컷은 알을 낳아 바위벽에 붙이고 밖에서 보이지 않도록 돌을 주워 담을 쌓는다. 암컷은 알이 부화할 때까지 아무것도 먹지 않고 그 곁을 지킨다. 그러다가 새끼들이 하나둘 부화하기 시작하면 암컷은 죽는다. 죽은 암컷은

요놈은 우리 영감 삶아 드려야지

새끼들이 뜯어 먹기도 하고 다른 물고기들의 먹이가 되기도 한다. 문어의 애달프기까지 한 일생을 인간이 온전히 이해하기란 쉽지 않은 일이다. 해녀들은 가끔 커다란 수컷 문어가 죽어 있는 것도 보고, 문어가 문어를 뜯어 먹고 있는 모습도 본다. 대부분 짝짓기 이후 모습인 것이다.

"문어는 바위틈에 들어가 앉아 발로 자잘한 돌들을 주워 담을 쌓아. 내다볼 구멍만 겨우 놓고 다 쌓지. 그리고 바위 안쪽에 알을 붙여. 테레비에서 바닷속 나오는 거 보니까 알이 꼭 포도송이 같더라. 그러고는 주둥이처럼 튀어나온 데로 바람을 불어 알을 호흡시키데. 알 지키는 동안은 절대 안 나와. 먹지도 못하니까 알이 부화할 무렵엔 굶어서 죽어. 그것도 엄마들이라고 애를 쓰는 거지. 불쌍치만 그런 거 다 어찌 간섭하나. 가끔 알배기 문어를 잡을 때도 있는데 삶으면 그 알이 참 맛있어. 햅쌀로 밥을 지어 놓은 것같이 꼬들꼬들해. 어떤 사람들은 먹물주머니의 먹물을 소스로 찍어 먹기도 하는데, 너무 익히면 먹물이 굳어. 알 가진 문어가 불쌍하다고? 그런 거 생각하면 뭔들 잡을 수 있겠나. 우리도 뭘 벌어먹어야 사니까 잡는 거지 문어가 미워 잡나."

문어는 삶을 때 잘 삶아야 모양도 있고 맛도 있다. 머리에 칼집을 넣고 가운데를 양쪽으로 벌려 팔팔 끓는 물에 넣는다. 통째로 덤벙 넣지 말고 서너 번쯤 들었다 놓았다 한 뒤 전체를 넣어 삶는다. 그렇게 하면 다리 끝이 고르게 말리고 모양이 예쁘다. 삶을 때 소금을 약간 넣으면 옅은 갈색이 붉은색으로 선명해지면서 때깔이 곱고, 꺼낼 무렵에 식초를 살짝 넣게 되면 식감이 아주 부드러워진다. 문어는 삶아서 대부분 숙회로 먹지만 살짝 데친 후에 여러 가지 채소를 넣어 볶아 먹어도 맛이 좋다.

간혹 문어 중에 다리가 한두 개씩 짧은 것들이 있다. 짝다리라고 부르는 이것들은 적으로부터 공격을 받아 다리를 잃었거나 문어가 자신의 다리를 잘라 먹은 경우다. 배가 고파 잘라 먹었는지 화가 나서 잘라 먹었는지 알 수 없지만 짝다리는 온전한 문어에 비해 무게당 가격이 더 저렴하다. 명절이나 제사, 집안의 큰일을 치를 때는 보기 좋은 성한 다리의 문어를 쓰지만 부담 없이 데쳐 먹고 싶을 경우 일부러 짝다리 문어를 찾는 사람들도 많다.

문어는 갑각류와 패류, 어류 등 가리지 않고 잡아먹는다. 심지어 먹잇감이 없을 경우 다른 문어를 잡아먹거나 스스로 자기 다리를 잘라서 먹기도 한다. 그처럼 먹성이 좋기 때문인지 문어는 연체류 중에서도 영양가 높은 식품으로 인정받고 있다.

예전에도 문어는 보양식이자 약효 역시 뛰어난 것으로 꼽혔다. 조선 후기 여성 실학자 빙허각 이씨가 쓴 『규합총서』에는 문어에 대해 "돈(豚)같이 썰어 볶으면 그 맛이 깨끗하고 담담하며,

바당 들어갈 준비 단디 했제?

그 알은 머리, 배, 보혈에 귀한 약이므로 토하고 설사하는 데 특효를 보인다. 쇠고기를 먹고 체한 데는 문어 대가리를 고아 먹으면 낫는다."고 기록되어 있다.

문어를 건강식으로 조리한 '건곰'이라는 음식은 문어·명태·홍합을 넣고 끓이다가 파를 얹어 낸 국이다. 예로부터 노인이나 병후 환자의 보신 음식으로 애용되어 왔다. 문어는 회로 먹지 않고 주로 익히거나 데쳐서 숙회로 먹는다. 삶아서 살짝 얼린 문어를 얇게 썰어 초장에 찍어 먹거나 작은 문어는 데쳐서 김이 오를 때 도톰하게 잘라서 바로 먹는다. 잘게 썰어 넣고 끓인 죽도 어린아이나 노인에겐 좋은 보양식이다.

경북 울진 죽변항 인근에는 문어 두루치기라고 하는 볶음 음식을 메뉴로 내건 집이 꽤 있다. 제육볶음처럼 볶아 내기도 하고 잘 익은 김치를 문어와 함께 볶아 내기도 하는데, 처음엔 생소하게 여기던 사람들도 맛을 보면 대부분 반한다. 흔히들 머리라고 말하는 부분은 사실 몸통이다. 다리 부분과 몸통 부분의

51

질감이 다른 것도 문어 요리의 매력이다. 어촌에서는 사나이들이 두툼한 손으로 순수 문어 요리를 만들기도 한다. 삶은 문어에 대파 · 양파 · 매운 고추를 썰어 넣고 고추장까지 한 숟가락 크게 떠서 볶으면 그 냄새가 기가 막히다. 한 솥 가득히 문어볶음을 놓고 둘러앉아 시원하게 소주잔을 부딪히는 오후도 참 멋지다.

형산강이 흘러서 동해를 만나는 방파제 근처에 문어가 버글버글한 때도 있었다. 어찌나 많았는지 한번 가면 해녀들마다 일고여덟 마리씩 잡아 올렸다. 신이 나서 죽도시장으로 팔러 갈 땐 택시를 부르기도 했다. 그러나 이제는 어느 바다에서도 문어를 구경하기가 쉽지 않다. 어획량이 줄었을뿐더러 통발을 이용해 문어를 잡는 배가 많다 보니 해녀들에게 돌아오는 문어가 적다. 그래도 바다만 한 병원이 없다. 인생사 마음 같지 않아 부아가 치미는 날에 물속에 들어가면 엉킨 심사가 풀렸다. 이것저것 조래기 가득 물건이 차면 모든 게 잊히는 것이다. 좋은 꿈을 꾼 다음 날 물속에 들어가서 튼실한 문어 한 마리 손잡고 올라오면 행복했다.

4장

기침엔 해삼만 한 약이 없다 ──── 해삼

해
삼

"해삼은 주로 모래밭에 살지. 배를 따면 모래 안 나오나. 또 돌이나 풀 옆에도 산다. 해삼은 구물구물 기어 다녀. 그걸 느리다고 흉보면 안 돼. 평소에야 구물거리지만 잡으려고 하면 그놈도 제법 빨라. 전복이고 뭐고 둔하게들 생겼어도 다들 도망에는 선수다. 그래도 우리 해녀들이 봤다 하면 다 잡지. 해삼은 주로 봄에 시작해서 초여름 되기 전에 다 잡아. 바닷물 온도가 높아지면 깊은 바다로 잠자러 들어가거든. 제주 해녀들이 그러는데 제주도에서는 음력 4월에 잡은 해삼은 안 먹고 사돈집에 갖고 간대. 그만큼 잡기가 힘드니 귀하다는 얘기지. 예전에는 고무옷 입고 들어가면 해삼을 20~30킬로그램씩 잡던 때가 있었어. 그걸 잡아 이고 축산에서 오후 서너 시 버스를 타고 강구까지 갔지. 강구에서 다시 포항 가는 버스 타고 죽도시장 중간길 도매 집들에게 넘겼어. 낮이 제법 길다 해도 돌아서면 하루가 다 저물었지."

세상에는 네 가지 귀한 삼(蔘)이 있다고 한다. 산에는 산삼(山蔘), 밭에는 인삼(人蔘), 바다에는 해삼(海蔘), 하늘엔 비삼(飛蔘)

이 그것이다. 인삼을 빼거나 갈까마귀를 일컫는 비삼을 뺀 세 가지를 귀한 삼으로 치기도 하는데, 이러나저러나 해삼만큼은 절대 빠지지 않는다. 급기야 인삼과 산삼 위에 해삼 있다는 말이 돌 정도로 해삼은 가치를 인정받는다.

『전어지(佃漁志)』에는 "해삼은 성질이 온(溫)하고 몸을 보하는 바, 그 효력이 인삼 맞먹기 때문에 이러한 이름이 붙었다"고 설명했다. 『자산어보(玆山魚譜)』에서는 "해삼은 전복, 홍합과 함께 삼화(三貨)라 한다"며 그 값어치를 높이 샀다. 200여 년 전 흑산도 일대 어종을 기록한 정약전은 해삼을 다음과 같이 관찰했다. "해삼은 큰 놈은 두 자 정도로 몸이 오이 같고, 온몸에 잔 젖꼭지가 널려 있다. 한쪽 머리에 입이 있고 다른 쪽 머리에 항문이 있다. 배 속에는 물체가 있는데 그 모양이 밤송이 같다. 창자는 닭의 것과 같고 껍질은 매우 연하여 잡아 들어 올리면 끊어진다. 배 밑에는 발이 백 개나 붙어 있어 걸을 수 있으나 헤엄칠 수 없고 그 행동이 매우 둔하다."라고 겉모습뿐 아니라 해부학적 묘사를 겸한 셈이다.

또한 고전 『물명고(物名考)』에 따르면 우리말로 해삼을 '뮈'라고 부르는가 하면, 흑충(黑蟲) 또는 해남자(海男子)라고도 부른다고 했다. 이는 해삼의 생김새를 남성의 성기에 빗대거나, 원기 증진과 정자 생성 등 정력 보강제로 사용한 것에서 붙은 이름이 아닐까 추측한다. 영어권에서는 해삼 모양이 오이를 닮았다고 '시큐컴버(sea cucumber)', 일본에서는 바다의 쥐란 뜻의 '나마코(海鼠)'라고 부른다. 게다가 프랑스에서는 '바다의 뱀'으로, 북유럽에서는 '바다의 소시지'라고 부른다니 해삼처럼 다양한 이름을 가진 것도 드물겠다.

"해삼은 양손에 목장갑을 끼고 손으로 잡아. 추울 때는 물 들

바리바리 주워 퍼뜩 올라와야지

어가지 말라고 목장갑 속에 고무장갑을 끼지. 해삼 잡으러 가
도 소라가 있고 전복도 있으니 예비로 들고 들어가는 꼭기로도
잡지만, 주로 손으로 주워. 많을 때는 꼭기 가지고 하나하나 어
찌 다 잡나. 손으로 바리바리 주워 퍼뜩 올라와야지. 해삼이 맛
은 비슷비슷한데 몸 색깔에 따라 이름들이 달라. 대부분 퍼렇고
거멓고 하지만 어쩌다 하얀 것도 있어. 백삼이라고 하지. 하얀
게 약 된다 하데. 그 백삼은 귀해서 못 본 해녀도 많아. 나도 물
질을 오십 년 넘게 했는데 아직 못 봤어. 백삼은 햇빛을 보면 안
된다는 말이 있거든. 그래서 잡으면 해녀가 얼른 먹어 버린다고
들 해. 진짜 그런지 이 좋은 백삼을 우리도 한번 먹어 보자고 만
든 핑계인지는 모르지만, 어쨌든 좋은 거를 그렇게라도 먹어야
신이 나서 다른 것도 잡지 않겠나. 벌건 홍삼도 좋지. 그건 크고
비싸. 해삼은 오만 바다에 다 나지만 우리 동해에서 나는 해삼
이 탱탱하고, 살도 두껍고 젤로 좋아. 서해나 남해에서 나는 것
은 살이 얇아서 품질이 떨어지지. 장수들도 동해 해삼을 알아준

다니까. 예전에는 해삼 한 망사리 풀어놓으면 양동이가 넘쳤지. 요즘은 다 어디로 가 버렸는지 눈을 씻고 찾아도 없어."

해삼이 살지 않는 바다는 없다. 북동 태평양 전역에 분포하며 연해주, 사할린, 알래스카 연안부터 홋카이도, 일본 열도, 황해, 발해만, 중국해 등의 연안에도 광범위하게 분포하고 있다. 열악한 환경에서도 수중 유기 부유물이나 해저 표층에 엷게 쌓인 퇴적물 등 변변찮은 먹이로도 살아갈 수 있기 때문이다.

사할린 해안 마을을 방문했을 때 원주민이 해삼주를 내놓았다. 인근 연안에서 잡은 해삼을 유리 용기에 넣은 후 독한 술을 부어 담근 해삼주로 귀한 이에게만 대접한다고 했다. 국내에도 해삼주가 있긴 하지만 통마리 해삼에 술을 부어 형체가 그대로 남아 있고, 술이 맑다. 그러나 사할린 해삼주는 거무스름한 빛깔에 해삼이 걸쭉하게 풀어진 상태였다. 시각적으로도 구미가 당기지 않았지만, 냄새는 마치 시궁창을 연상할 정도로 고약했다. 그래도 극진한 손님 대접이라는 소리에 숨을 참고 해삼주를 마셨다. 일행 중 몇은 도저히 목으로 넘기지 못한 채 내려놓았고, 정력에 좋다는 말에 혹한 몇은 남의 잔까지 털어 마시고는 하루 종일 입에서 고약한 냄새를 뿜어냈다. 지금도 해삼을 볼 때마다 고약한 냄새가 훅 떠오를 정도니 단연 독보적인 맛이라 할 수 있다.

"해삼은 주로 회로 먹지. 앞뒤 주둥이와 항문을 자르고 썰어서 초장에도 찍어 먹고, 참기름 소금장에도 찍어 먹고 제각각이야. 그런데 우리는 그냥 먹어. 바다 살던 놈이라 간이 없어도 짭조름하니 맛이 좋지. 배만 썰어 넣고 무쳐 먹어도 좋고, 물회처럼 해 먹어도 좋아. 마늘이랑 간장 넣고, 식초 몇 방울 떨구어서

아따, 오늘 바당은 와 이래 얌전하노?

설렁설렁 무친 다음 참기름 조금 넣고, 찬물 부어 후룩후룩 떠먹으면 돼. 그걸 해삼 스모노라고 해. 중국 사람들은 해삼을 말려 두었다가 다시 불려 요리를 해 먹는다지만, 우린 안 말려. 날거 천지로 있는데 뭐 할라고 말리나. 해삼은 바로 장만해서 먹는 게 최고야. 밑이 새는 바구니 같은 데 오래 두면 절대 안 돼. 밑으로 줄줄 다 새 버리거든."

해삼이 녹아 없어졌다는 설화가 있다. 옛날 어느 마을에 시아버지가 장터에서 해삼이 임산부에게 좋다는 소리를 듣고 임신한 며느리 주려고 비싼 해삼을 샀다. 그 해삼을 볏짚에 꽁꽁 묶어 뒷짐에 들고 집으로 돌아왔는데, 해삼은 간 곳 없고 빈 볏짚만 남아 있는 것이 아닌가. 귀한 손주를 임신한 며느리에게 먹이고자 없는 쌈짓돈을 털어 해삼이란 놈을 샀건만 형체도 없이 사라지고 빈 볏짚만 남았으니 얼마나 황당하고 낙망했을까.

시아버지의 해삼이 사라진 것은 볏짚에 있는 고초균(枯草菌) 때문이었다. 고초균은 토양 속에 들어 있는 비병원성 호기성 세균으로 탄수화물을 분해하여 산(酸)을 만들어내는 특성이 있다. 해삼 성분인 연골 파괴를 억제하는 콘드로이틴이 탄수화물의 일종이었으니, 짚의 고초균 성분이 해삼에 침투해 발효를 시작하면서 연골로 된 해삼을 모두 녹이게 된 상황을 시아버지가 꿈에라도 알 리가 없었다.

우리 선조들은 예로부터 해삼을 대표적인 보양 식품의 하나로 다루고 있다. 해삼은 면역력을 강화하고 고혈압과 동맥경화 등 성인병에 좋다. 겨울철 몸이 허할 때 먹으면 감기에 안 걸리고, 수술한 환자에겐 더욱 좋다.

『동의보감』에서도 임산부와 태아를 편하게 해 주고 자양강장과 혈액순환에 좋다고 기록했다. 특히 해삼의 내장 속에는 사포닌(saponin)의 일종인 홀로톡신(holotoxin) 성분이 많다. 인삼의 대표적인 약효 성분이기도 한 사포닌은 물고기에게는 독이 되지만 인간에게는 매우 유익하다고 알려져 있다. 또 해삼이 적을 만나면 내장을 다 빼 주고 달아나는 경우가 있는데 다시 내장이 형성되기 때문이라는 이야기, 해삼 몸을 가로로 잘라 수족관에 던져 놓았는데 일정한 시간이 지나 보니 두 마리의 해삼이 있더란 얘기, 셋으로 자르니 세 마리의 해삼이 되더라는 얘기는 실험 영상을 통해서도 많이 알려졌다. 이는 모두 해삼의 놀라운 재생 능력을 뒷받침하는 일화들이다.

"해녀라면 해삼 다 잡지. 여름이 되면 해삼은 깊은 바다로 자러 들어갔다가 9월쯤 바닷물이 선선해지면 그때 기어 나오지. 내장에 있는 노란 거는 남자들이 좋다고 서로 달라고 해. 몰라. 어디서들 들었는지. 그런데 깔끔스런 양반들은 줘도 더럽다고 안 먹어. 그리고 해삼은 기침이나 천식에 아주 명약이었어. 우리 애들 어릴 적엔 집집마다 다 만들어 놓고 먹였지. 작은 옹기에 해삼 한 마리를 통째로 넣거나 썰어서 넣거나 했지. 콩나물은 대가리 떼고 흰 줄기만 써. 배 깎아 넣고, 촌에서 만든 엿을 넣어 봉하지. 한참 지나면 그게 걸쭉하게 다 녹아 물이 되거든. 감기 걸리고 기침할 때 그걸 한 숟가락씩 떠서 며칠 먹이면 뚝 그쳤어. 지독한 천식이 있어 기침을 달고 살던 시아버지도 겨우내 그걸로 견뎠지. 편하게는 해삼에 꿀만 넣고도 만들었는데 요즘이야 약이 편하고 좋으니 만들어 먹는 사람이 있나. 귀찮아서라도 안 하지."

가장 흔한 섭취 방법은 싱싱하게 건져 올린 해삼을 회로 먹는 것이겠지만 우리의 음식 관련 문헌이나 중국, 일본의 문헌을 보면 해삼을 이용한 요리가 제법 많다. 일본은 해삼의 껍데기를 먹지 않는다. 대신 해삼 '창자젓(고노와다)'과 해삼 알집을 따로 모아 말린 '고노코' 등의 내장을 이용한 요리가 발달했다. 일본에서는 해삼이 강장 음식으로도 인정받는데 특히 홍해삼을 선호한다. 중국은 전통적인 식재료로 말린 해삼을 사용하며 흑해삼을 좋아한다. 또 고대로부터 전해 오는 팔진미에 해삼이 포함될 뿐만 아니라 지금도 해삼 요리는 바다제비집, 상어지느러미와 견주는 고급 요리로 대접을 받는다. 남양 제도에서는 해삼을 요리로 먹진 않지만 물에 해삼 즙을 넣어 물고기를 죽이거나 물고기의 감각을 마비시킬 때 활용한다. 우리나라는 신선할 때 썰어서 회로 먹거나 더운 여름철에는 식초를 이용해 새콤하게 무쳐 물을 붓고 얼음을 띄워 먹기도 한다. 그런가 하면 인삼과 해삼을 같이 넣어 만드는 보양식 양삼탕(兩蔘湯)도 인기다. 해삼의 내장만을 젓갈로 담가 먹기도 하는데 많은 양의 해삼을 필요로 하므로 흔하지는 않다. 해삼을 익힌 요리로 먹을 때는 마른 해삼을 불려 사용한다. 날것 해삼을 바로 익히면 크기가 상당히 줄어들기 때문이다.

해삼을 말리는 방법은 먼저 내장을 들어내고 깨끗한 바닷물에 씻은 다음 소금물 속에서 거품을 떠내며 삶는다. 삶은 것을 꺼내어 숯가루를 묻혀서 발 위에 골고루 펴 놓고 말리는데, 숯가루는 썩는 것을 방지하고 색깔도 좋게 한다. 다양한 요리에 말린 해삼을 사용하는 중국에선 가짜 해삼도 심심찮게 나돌았나 보다. 중국 어떤 문헌에는 당나귀의 음경을 잘라 말린 후 해삼이라고 속여 팔았다는 기록도 있다고 한다. 해삼이 정력에도 좋고 고급 식재료로 쓰이지만 구하기가 쉽지 않다 보니 별것들이 해삼으로 둔갑했던 것이다. 가짜 해삼의 경우 맛은 비슷한데 모양이 더 편평하다는 구별법까지 적었다는 걸 보면 속는 사람이 꽤나 많았던 모양이다. 또 중국에서는 조선 해삼의 인기가 높아 사신이 반드시 챙겨야 했던 품목에서도 빠지지 않았다고 한다.

"해삼은 돌기가 많이 튀어나오고 만졌을 때 살이 단단한 게 좋지. 썰어 놓았을 때 살이 딱딱하고 씹을 때 오독오독한 게 신선한 거야. 해삼에서 비린내가 나거나 물이 나오고 물렁물렁한 거는 파이야(좋지 않아). 상한 거 먹으면 절대 안 돼. 그리고 마른 해삼은 표면에 흰 소금 가루가 많지 않은 것을 골라야 한다. 많이 허연 것은 오래됐다는 얘기지. 올해는 해삼을 이틀 잡았는데 예전에 반나절 잡은 것만도 못하다. 아예 해삼 씨가 말라 버렸는지 없더라. 저 해수욕장 너머가 해삼 밭이었는데, 벌건 홍삼도 있었고 모래밭에 기다란 해삼들이 널브러져 있었는데 말이야. 물에 들어가서 해삼 똥이 기다랗게 있으면 똥을 보고 연신 잡아 올리던 그때가 참말로 좋았지. 들고 나와 쏟아 놓으면 탱탱하게 성을 내던 해삼도 이젠 잘 못 봐. 바다도 예전 바다가 아니야."

납아리, 해녀의 잠수를 돕는 보조 장비다.

5장

바닷속 절벽마다 멍게꽃이 만발하고

멍게

멍게

"멍게 역시 예전엔 동해안 일대 바위 밑을 불긋불긋 물들일 정도로 많았어. 뭍이나 물이나 생긴 모습이 비슷해. 육지에도 높은 산 있고 낮은 산 있듯이 바다에도 바위가 크고 높게도 있고 낮게도 있지. 석병리 앞바다에는 높은 돌이 있고 한쪽에 절벽이 있는데 거기에는 멍게가 얼마나 많이 달렸는지 말도 못 했다. 마을에 동제나 풍어제처럼 큰일이 있을 때면 물질 잘한다고 소문난 해녀들이 한 조래기씩 잡아 와 그걸로 일을 치렀어. 축항 안에도 벌겋게 있었는데 물에 들어가면서 쭉 밀면 굵다란 멍게가 둘둘 떨어졌지. 어촌계로 들어가기 전에는 멍게를 따다 직접 이고 횟집에 팔았어. 그때만 해도 자연산만 취급했으니 횟집마다 넘겨주고 받는 돈벌이가 썩 좋았다."

양포항 긴 방파제 입구에는 바위벽 아래 포장집이 하나 있다. 나이 지긋한 해녀들이 번갈아 장사를 하는 이곳의 명당자리는 바다 가까이에 있는 기우뚱한 평상이다. 문도 마당도 없이 엉기

성기 덧댄 비닐 포장집이지만 바로 바닷가라 운치가 있어 언제나 손님이 있다. 바로 끓여 주는 잔치국수나 라면, 겨울이면 대게를 넣고 국물을 우린 어묵도 맛있지만 직접 잡아 커다란 고무 대야에 담아 놓은 멍게, 해삼, 소라가 절창이다. 음식을 장만하는 해녀 곁에서 솜씨를 보는 재미도 쏠쏠하다. 망치로 탁탁 깨는 소라, 단번에 내장을 빼는 해삼, 뾰족한 부분을 칼로 자르고 가르면 통통하게 드러나는 노란 멍게 살. 골고루 담아 내온 접시를 놓고 앉으면 어느 성찬에 비할까. 방파제 너머 노을이 붉게 질 무렵, 입속에 퍼지는 멍게 향에 쓴 소주도 다디달게 넘어간다.

멍게의 원래 이름은 '우렁쉥이'였다. 지금은 경상도 방언인 '멍게'라는 이름과 '우렁쉥이' 둘 다 표준어로 인정돼 함께 사용되고 있는데 멍게라는 이름이 압도적이다. 경북 해안에서는 '울뭉치'라는 말을 쓰기도 한다. 나라마다 보는 눈이 다르고 표현법이 달라 이름도 참 가지가지로 얻었다. 파인애플을 닮아 '바다의 파인애플'이라고도 불리는 멍게는 일본에서는 램프의 유리통, 즉 등피 호야와 닮았다 하여 '호야'라 부른다. 또 영어로는 피낭 (被囊)이라는 뜻의 '튜니게이트(tunicate)', 바다의 물총이라는 뜻의 '시스퀴트(sea squirt)', '어시디언(ascidian)'이라고 부른다. 수심 5~20미터 바위에 붙어살기 때문에 패류의 일종으로 생각하기 쉬우나 멍게는 분류학상 척삭동물문(門)에 속한다.

생물학에서 척삭동물문에는 척추동물, 미삭동물, 두삭동물 등의 세 종류가 있는데 멍게는 미삭류다. 멍게는 유생 시기에는 올챙이와 비슷하여 꼬리 부분을 따라서 길게 원시적인 척추가 나타나지만, 곧 고형물에 부착하고 파인애플 모양의 성체로 변하면서 척추는 사라진다. 미삭동물인 멍게의 배아가 척추동물인 인간의 배아와 같은 구조를 가졌다면 분명 둘 사이에 어떤

식으로든 연관성이 있을 거라는 이유로 생명공학자들은 멍게를 통해 인간의 초기 진화 관계를 규명하고자 하기도 한다. 어쨌거나 하등동물인 줄 알았던 멍게가 분류 체계에서 인간과 비슷한 고등동물에 속한다니 참 신기할 따름이다.

"내가 물질을 배울 때는 가에 나지막한 바위에도 다닥다닥 붙어 있었어. 멍게는 하나하나 따면 힘들고, 한꺼번에 따야 해. 울퉁불퉁한 바위에 붙은 멍게는 보는 즉시 바로 당겨야 몇 개씩 붙어 있는 덩어리가 쉬이 떨어져. 슬쩍 건들고 난 뒤에 따려면 여물어 빠져서 안 된다. 멍게 뿌리가 바위에 달라붙어 있는데 저 잡으려는 줄 알고 더 달라붙지. 깊은 바다 절벽에 달린 것은 거꾸로 내려가면서 손으로 힘껏 밀어야 후두두 떨어지지. 멍게는 꼭기나 호멩이로 따도 안 돼. 뾰족한 거에 찍히면 멍게 껍질이 연해서 째지거든. 그러면 상하잖아. 독을 쏘거나 깨물거나 달아나지는 않지만 멍게 따는 데도 요령이 필요해. 초짜들은 휜히 보여도 잘 못 따. 멍게 따는 건 재밌어. 큰 거는 주먹보다 더 컸지. 하나 갈라놓으면 한 종발이 가득 찼다. 물질하고 나와서 배고프면 하나씩 까먹기도 했는데 큰 놈은 허기를 채우고도 남아. 달달하니 얼마나 맛이 좋다고. 이젠 어디로 갔는지 잘 없어. 적당히 따고 놔둬야 자꾸 생기는데 그땐 하나라도 더 따는 데만 열중했지. 하도 많으니 암만 뜯어내도 계속 생기는 줄 알았다. 망사리 가득 멍게 짊어지고 나오던 것도 다 옛날얘기가 되어 버렸다."

남해 삼천포에서 만난 멍게는 동해안 멍게와 모양부터 달랐다. 두툼한 게 크기도 크고 마치 돌처럼 색깔도 검었으며, 껍질도 두꺼웠다. 갈라놓으니 검은색 안에 분홍색, 분홍색 안에 노르스름한 색의 막이 또 있다. 겉은 달라도 속은 동해안 멍게 맛과 차이가 없었다. 대신 속을 발라내고 오목한 멍게 껍질에 부어 먹는 소주 맛은 정말 잊지 못할 맛이었다. 이것이 바로 그 유명한 돌멍게 술잔이로구나, 몇 번이고 부어 마셔도 멍게 향이 돌았다. 술잔으로 사용하기엔 껍질이 얇지만 향에서는 동해안 멍게도 뒤지지 않는다. 입안에 퍼지는 달고 시원한 맛은 불포화 알코올인 신티올(cynthiol) 때문이며 이 성분은 숙취 해소 효능도 있다. 또 다량 함유된 글리코겐은 인체가 포도당을 급히 필요로 할 때 신속하게 공급할 수 있는 다당류라 피로 회복에 효과적이다. 멍게는 해삼, 해파리와 함께 '3대 저칼로리 수산물'로 불릴 정도로 다이어트에 좋은 식품이다. 또 멍게에는 식이섬유가 풍부해 변비 예방에도 효과적이다. 한여름에 맛이 좋은데, 수온이 높아지면 글리코겐 함량이 높아지기 때문이다.

예전엔 포장마차가 많아 제법 운치 있게 멍게를 먹을 수 있었다. 주인이 맘에 드는 단골에게 선뜻 선심을 쓸 수 있을 만큼의 가격이었다. 그러나 요즘은 어시장에서 멍게를 사서 먹거나 횟집에서 회를 시키면 맛보기 메뉴로 조금 내오는 정도다. 아주 가끔 동해안 어시장에도 비단멍게가 나온다. 비단멍게는 일반 멍게보다 껍질이 얇고 왜 비단이란 이름이 붙었는지 고개가 끄덕여질 만큼 껍질이 매끈하고 색이 피처럼 붉다. 겉모습뿐 아니라 속도 아주 발갛다. 비단멍게는 모두 자연산으로 쌉쌀한 맛이 적고, 일반 멍게에 비해 값이 조금 더 비싸다.

내륙 사람들은 횟집에서 맛보기로 달려 나오는 멍게를 초고추장이나 참기름에 찍어 먹는 것을 주로 기억하겠지만 동해안 사람들의 멍게 활용도는 생각보다 다양하다. 요리 중 가장 알려진 것은 멍게 비빔밥이다. 비빔밥은 간단한 채소만 있으면 누구나 만들기 쉽다. 채를 썬 오이, 양파, 상추 등 적당한 야채를 넣고 그 위에 먹기 좋은 크기로 썬 멍게를 올린 뒤 참기름을 조금 떨구면 기본 맛은 완성된다. 밥을 먼저 넣고 그 위에 야채와 멍게를 올리기도 하지만, 밥을 따로 내기도 한다. 멍게의 간만을 느끼기 위해 그냥 비비는 사람도 있는데 대부분은 초장이나 일반 고추장을 넣어 비빈다. 또 밀가루에 멍게를 자잘하게 썰어 넣고 파릇한 쪽파 넣어 잘 부치면 발그레한 멍게전이 된다. 멍게전은 색도 예쁘지만, 익은 멍게가 달큰해 별미다.

"멍게젓갈은 먹어 본 사람만 맛을 알지. 멍게는 4~5월부터 초가을까지 살이 쪄. 여름 멍게는 알이 꽉 차지만, 겨울 멍게는 속이 꺼멓고 맛이 없어. 알을 다 싸서 그래. 멍게젓갈은 담그기도 쉬워. 꼭대기 튀어나온 거 칼로 잘라내고 손가락으로 돌려 파면 속이 동그라니 들려 나오는데, 그러면 뒤집어서 똥을 빼. 거무스름하게 실처럼 있는데 쪽 훑으면 쉽게 빠지거든. 그걸 집어 먹기 좋은 크기로 썰어서 민물에 한 번만 헹구고 잔파, 마늘

다져 넣고, 참기름 넣고 조물조물 놔두었다 먹지. 뒷날부터 먹어도 돼. 뜨신 밥에 올려 먹으면 멍게 본연의 맛에 양념 맛이 더해져서 아주 맛있어. 여느 젓갈처럼 소금에 절이지 않으니 오래 놓고 먹을 수는 없지만 한동안은 먹어도 돼. 이젠 어촌계에서 날짜를 정해 공동 작업을 할 만큼 동해안 자연산 멍게의 양은 많지 않아. 어촌계에서는 아주 가끔 제각각 따고 싶은 것을 따서 개인 소득으로 가져가는 헛물 작업을 하는데, 그때 조금씩 딸 정도지."

사춘기 때는 유독 여드름이 많은 친구에게 멍게라는 별명을 붙이거나 어벙한 친구에게 장난삼아 해삼, 멍게, 말미잘, 아메바라고 놀리던 시절도 있었다. 실제로 멍게는 어릴 때는 뇌가 있으나 바위에 정착하면서 자신의 뇌를 먹어 버린다고 한다. 그토록 오묘한 멍게 속을 우리가 이해할 수 있을까마는, 영문도 모르고 쓰던 말이 멍게의 생태와 어느 정도 맞아떨어지는 게 신기하다. 멍게라는 이름에는 한창 사춘기를 지나던 오빠가 있다. 포장집 비닐 문을 열며 "여기 멍게 한 접시하고 소주 한 병만 주이소" 하는 중년 사나이가 들어 있다. 멍게라는 이름에는 고된 물질에 허기진 해녀의 배를 채우던 발간 노을 맛이 들어 있다.

오늘 물질은 참말로 힘이 드네

우리 회사는 동해여, 동해!

6장

팔도 다리도 없지만 먹성은 최고

소라

소
라

　스펀지 물옷이 나오기 전에는 광목으로 지은 잠비를 입고 물에 들어갔다. 무릎까지도 안 내려오는 홑 광목에 검은 물을 들여 수영복 모양으로 만들어 입고, 폭이 좁은 저고리를 걸친 채 사시사철 물질을 했다. 뭍에 나오면 모래밭이나 바위틈에 불을 피워 몸을 녹이고 옷을 말렸다. 군용 담요로 만든 뚜디기(포대기)를 걸치고 파르르 떨리는 입술로 식은 밥을 나눠 먹었다. 어린 것들이 물가로 찾아오면 어미가 잡은 소라를 구워 주었다. 호호 불며 쫑긋한 입으로 맛있게 먹는 모습을 보면 춥지 않았다. 잠비가 다 마르기도 전에 주워 입고 다시 바다로 들었다. 그렇게 몇 번이고 반복하면 하루해가 저물었다.

　"옛날에는 소라가 많다가 슬슬 없어졌는데 물조리(조류)가 바뀌었는지 요 몇 년 새 많이 나데. 전복이랑 멍게, 해삼은 말랐는데 소라는 지금도 많아. 오류2리는 버글버글해서 상군 해녀는 100킬로씩 보통으로 잡아. 소라는 다시마나 감태, 도박 같은 풀을 타고 올라가거든. 풀에 붙어서 고거 갉아 먹으면서 커. 그것도 눈이 있는가 귀가 있는가 사람이 가면 또구르르 굴러떨어져. 올라갈 땐 기어 올라가고 내려올 땐 구르지. 굴러서 바닥에 엎어지면 괜찮은데, 동글동글한 게 위로 가면 못 살고 며칠 지나면 죽어. 팔도 손도 없으니 혼자 뒤집지를 못 해 못 일어나. 소라 입구에 하얗고 오돌도돌하고 딱딱한 것은 입이 아니고 발인 셈이야. 물에서는 그걸 발 삼아 기어 다니지. 그거 떼어 내면 안쪽에 뱅그르르한 무늬가 있는데 우리 딸은 어릴 때 그걸로 소꿉장난을 하며 놀았어. 접시라고 죽 늘어놓고 모래를 떠 담아 먹으라고 내밀곤 했지. 그런데 소라가 많으면 딴 게 없어. 먹성이 좋아 오만 풀을 다 뜯어 먹으니 딴 놈들은 먹을 게 있겠나. 소라는 없어도 탈이지만 많아도 탈이야."

제주 출신 해녀들은 5미터, 7미터도 넘게 내려가지만, 뒤늦게 물질을 배운 경북 토박이 해녀들은 3~4미터 정도 내려간다. 제주 해녀들은 물질을 하고 올라오면 휘이~ 소리를 내며 호흡하지만, 경북 토박이 해녀들은 소리를 잘 내지 않는다. 소리를 자주 내면 힘이 들어서 그런가 하고 걱정하기 때문이다. 소라는 미역이나 감태를 먹고 자란다. 특히 감태가 있는 곳에는 반드시 소라가 있다. 움직임이 둔한 소라는 비교적 잡기가 쉽다. 어린 것들은 다닥다닥 모여 있고 좀 큰 것들은 뚝뚝 떨어져 있는데, 주로 맨손으로 잡고 손이 들어가지 않는 틈새는 끝이 뾰족한 꼭기나 까꾸리를 사용한다. 한 번에 7~8개를 두 손으로 움켜쥐고 올라오다가는 떨어뜨려 허사가 되므로 작은 망사리를 차고 들어간다. 수심이 낮은 곳에는 씨알이 작고, 깊은 곳일수록 소라가 크다. 하지만 깊이 들어갈수록 귀가 먹먹하고, 압력 때문에 수경이 빨려 들어가기 때문에 오랜 경험의 상군 해녀들이 아니

소라가 와 이래 많노? 버글버글하데이

면 버겁다.

　일반적으로 경북 동해안에서 소라라 부르는 것은 뿔소라다. 소라는 문밖의 나선형 골이 끝나는 곳에서 가장자리 쪽 경계를 감아서 성(城)을 만드는데 그 성이 칼날처럼 예리하다. 안쪽 골과 언덕은 점점 줄어들면서 뾰족해져 뿔이 되는데, 뿔 끝도 예리하다. 또 바깥쪽 골과 언덕도 모두 튀어나왔다. 그런 탓에 소라를 잡아 망사리를 머리에 이고 올라올 때 뾰족한 뿔에 찍혀 상처를 입기도 한다.

　소라는 제 몸으로 감태를 갈아 쓰러뜨려서 연한 부분을 갉아 먹는다. 그런데 감태도 풀이라고 얕볼 일이 아니다. 대응하는 반응을 보면 소라 못지않게 영리하기 때문이다. 소라가 감태를 쓰러뜨리면 감태는 어떤 물질을 내보내 주변 감태들에게 위험을 알린다. 신호를 받은 감태는 엽상체 표면에 쓴맛을 내서 소라의 공격을 막는다. 먹고 먹히는 현장은 인간 세상이든 바닷속 세상이든 치열할 수밖에 없는 것이다. 소라는 어릴 때 조간대

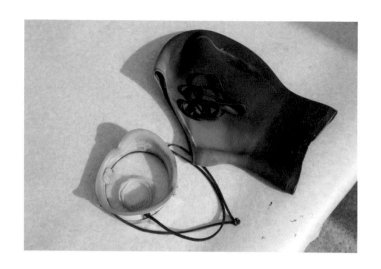

(潮間帶, 밀물과 썰물 때의 해안선 부분) 바위 밑에 살다가 성장하면서 해조류가 많은 조간대 아래쪽으로 내려간다. 그래서 깊은 곳으로 내려갈수록 소라가 굵다. 자웅이체인 소라는 5~8월 수온이 23~24도가 되면 암컷이 녹색의 알을 수중에 산란하고 수컷이 정자를 방출해 물속에서 수정된다.

"해삼, 소라, 고동은 도구가 없어도 돼. 목장갑 끼고 그냥 내려가 주우면 되니 잡기 수월하지. 봄, 여름, 가을에는 맨손에 면하고 나일론하고 섞인 장갑을 끼지만, 겨울엔 속에 고무장갑을 끼고 그 위에 면장갑을 끼어야 해. 손이 얼면 줍지를 못 하잖아. 두꺼운 고무로 된 장갑을 끼고 면장갑을 끼면 아무래도 덜 춥지. 소라 따러 가면 매콤한 맛이 난다고 해서 고추골비, 맵쌀고동이라는 것도 많이 있는데, 그것들은 손으로 감당이 안 돼. 바드레 같은 걸 갖고 들어가지. 그거는 한곳에 어마어마하게 모여 있어서 쓸어 담아야 해. 허리 수술하고 요 몇 달 물에 못 들어가

니 해녀들이 소라를 잡아 오면서 한 소쿠리 주고 가더라. 우리 해녀들은 의리가 있어. 나는 이가 없어서 못 먹으니 깨서 바락 바락 씻어 갖구 데쳐 냉장고에 넣어 놓았지. 우리 아들네 오면 줄라고."

소라의 식감이 전복보다 낫다는 사람도 있다. 싱싱한 소라를 회로 먹을 때, 얇게 썰어 놓으면 단맛이 난다. 초장보다는 소금을 넣은 참기름에 찍어 먹어야 소라 본연의 맛을 느낄 수 있다. 소라는 익혔을 때 더 고소하고 쫄깃하다. 골고루 익도록 넓은 쪽이 아래로 가게 놓고 삶아 아랫부분을 떼어 낸 뒤 주로 윗부분만 먹는다. 또 얇게 썰어 팔팔 끓는 물에 살짝 데쳐 먹으면 회로 먹을 때보다 더 단맛을 느낄 수 있다. 단, 넣었다 바로 빼는 정도라야 한다. 소라의 내장까지 다 먹는 사람도 있으나, 아랫부분은 쫄깃함이 없고 텁텁하며 쓴맛이 나므로 대부분은 먹지 않는다. 그러나 내장 끝부분 노란 부분은 변비에 좋다. 쫄깃한 부분을 썰어 미나리, 양파, 오이 등 채소를 넣고 초무침을 해 먹어도 좋고, 식용유를 살짝 두르고 간장 양념으로 볶아 반찬으로 먹어도 좋다. 삶은 소라는 젓가락으로 찌르고 살살 돌려 가며 빼는 재미도 크다. 끊어지지 않고 다 나올 땐 묘한 희열도 온다.

맛도 맛이지만 영양 면에서도 소라는 고단백 저칼로리의 대표적 식품으로 성인병 예방과 다이어트에 도움을 준다. 제일 중요한 성분 중 하나인 타우린은 지친 몸의 활력을 되찾아 주고 체내 유해한 활성산소를 없애 주는 작용을 해 누적된 피로로 지친 심신기능을 빠르게 향상시켜 준다. 소라에 들어 있는 비타민 A와 B는 눈의 피로를 풀어 주고 시력을 보호한다. 눈이 건강해짐에 따라 야맹증 및 백내장 등의 여러 안구질환을 예방해 주고, 찬 성질을 가지고 있어 환절기 오르내리는 몸의 열을 잡아 준다. 특히 풍부한 아르기닌 성분은 혈관을 건강하게 하여 젊음을 되찾는 데 탁월한 기능이 있다고 한다.

"뿔소라 잡아서 꽤 벌었지. 1킬로에 5천 원씩은 받으니 한 번에 80키로, 100키로 하면 돈이 커. 사람들이 사러 오는데 감포는 부산 사람들이 주로 온다. 단골한테는 소라를 더 얹어 주거나 값을 좀 깎아 주기도 하지. 소라가 많으면 올라갔다 내려갔다 부지런히 잡아야 하니 힘은 들어. 그래도 이게 돈이다 생각하고 참아 내는 거지. 바다만 그렇겠나. 육지 사람들도 산나물 캔다고 깊은 산골짜기를 다 헤매잖아. 그리고 소라는 먹성이 좋아. 닥치는 대로 다 먹는다. 물에서 사람이 죽으면 득달같이 몰려와 뜯어 먹는 놈들도 소라라 하데."

큰오빠는 먼바다 배 타러 타지로 떠나고, 작은오빠는 국토 개

발에 불려 갔다. 가난한 바닷가 마을에서 나이 든 부모와 어린 동생들을 둔 머리 큰 딸이 할 일이라고는 앞바다에 드는 것뿐이었다. 짧은 물옷을 입고 물질을 하다 보니 다리가 까맣게 그을려 암만 꽃 같은 처자도 맨다리로는 치마를 입을 수가 없었다. 숨 참으며 따 오는 것들 팔아 보리쌀도 바꿔 먹고 국수도 바꿔 먹었다. 옆 동네 총각과 중매로 결혼을 하고 와 보니 시집 살림도 다를 바가 없었다. 그렇게 물속에서 보낸 세월이 사십 년을 넘고 오십 년을 넘었다. 해녀들끼리는 떨어져 사는 친자매들보다 더 사이가 좋다. 네 아이 내 아이 할 것 없이 어울려 기르고, 경조사 함께 치르며 늙었다. 비린 바람 맞으며 추우나 더우나 당당하게 뛰어들 수 있었던 것은, 해녀라는 바다 인연들 덕분이다. 숨을 붙들고 사는 인간이 숨을 참고 하는 일, 대단히 경건한 일이다.

햇살까지 올라탄 등의 무게

성게처럼 겉은 조금 까칠해도

속이 알차고 둥근 사람이 좋아

7장

보라성게

보라성게

말똥성게가 겨울이라면 보라성게는 여름이다. 6~7월 경주 감포에서 구룡포에 이르는 해안과 영덕, 울진에 이르는 해안을 여행하다 보면 보라성게 작업 중인 광경을 만난다. 인근 바다에서 채취 작업하는 모습도, 작업장이나 그늘에 수북이 쌓아 놓고 성게알을 발라내는 모습도 볼 수 있다. 예의바른 여행객이라면, 인심 넉넉한 해녀를 만나 그 자리에서 찻숟가락 한 술 정도는 맛볼 수도 있다. 경우에 따라서는 구입도 가능하다. 물론 포장해서 판매하는 것을 구입하려면 취급하는 상가로 가야 한다. 방금 장만한 성게를 경치 좋은 바닷가 갯바위에 앉아 먹는 맛은 먹어 본 사람만이 안다. 푸른 동해와 바람, 시원한 맥주가 성게알과 어울려 최고의 순간을 선물한다.

꼭 밤나무 아래 밤송이 떨어진 것 같은 형태로 바다 밑에 모여 사는 보라성게는 가시도 검고 길어 실제로 '밤송이조개'라 불리기도 했다. 야행성이다 보니 밤에 활발한 먹이 활동을 하고 낮엔 바위틈에 끼어 있기도 하는데, 바위틈에 낀 성게를 잡는 일은 녹록지 않다. 겉모양이 비슷해도 여름이 깊어 갈수록 알이 가득 찬 것이 있는가 하면 거의 쭉정이에 가까운 것도 있다. 주변 먹이 환경 영향도 있지만, 산란을 마친 보라성게의 속은 텅텅 비어 버리기 때문이다. 해녀들은 몇 개를 잡아 올라와 성게를 깨 보고는 알이 차지 않았다 싶으면 얼른 다른 곳으로 자리를 옮긴다.

"성게는 한 손에 꼭기, 다른 손에 바드레 들고 쓰레받기에 담듯이 모아 가지고 물 위로 올라간다. 모여 사는 데다 가시가 있어 한 마리씩 잡아 들고 올라갈 수 있나. 숨은 차고, 성게는 많이 잡아야 하니 도구를 쓰는 거지. 손으로 쥐면 몇 개나 쥐겠나. 보라성게 가시에 찔리면 엄청나게 아파. 그거는 약이 따로 없다. 찔리면 오줌을 눠서 그 오줌을 찍어 바르면 잘 낫는다고 하데. 근데 요즘 누가 오줌 찍어 바르는 사람이 있나. 없지. 그냥 놔두면 아프니까 자기 맘대로 집에 있는 아무 약이나 바르는 사람이 있고, 그대로 놔뒀다가 곪고 덧나 결국엔 병원에 가서 째고 꿰매는 사람도 있다. 잡을 때도 찔리지만, 이고 나올 때 머리도 찔려. 애 먹지. 해녀들치고 성게 가시에 안 찔려 본 사람이 아무도 없을걸? 그나저나 암만 생각해도 옛날 사람들이 참 신기해. 그 깊은 바닷속에 사는 이런 기 먹는 건 줄 어찌 알았을꼬."

『자산어보』에는 보라성게를 율구합(栗毬蛤)이라 하고 다음과 같이 기록했다.

"큰 놈은 지름이 0.3~0.4척이다. 털은 고슴도치와 같고 가운데는 밤송이 같은 껍데기가 있으며, 그 안에 다섯 개의 판이 원을 이룬다. 다닐 때는 온몸의 털이 모두 움직이면서 흔들어 꿈틀댄다. 정수리에는 입이 있어 손가락이 들어갈 만하다. 방

옛날 사람들은 이게 먹는 건 줄 우예 알았노

가운데 쇠기름과 같은 알이 있는데, 엉기지 않았으면서 누렇다. 또한 다섯 개의 판 사이사이에 털을 품고 있으며, 껍데기는 모두 검다. 맛은 달다. 날로 먹거나 국을 끓여 먹는다."

성게알은 사실 알이 아니라 생식세포를 형성하는 난소와 정소다. 정확한 표현은 성게 생식소인 셈이다. 그러나 일반적으로 식용 가능한 부분이 노랗게 덩어리로 나오므로 생식소라는 말보다 알로 많이 부른다. 성게의 씹는 기관인 '위구부'는 송곳을 거꾸로 한 모양으로 다섯 개의 뼈가 있고, 거기에 근육이 붙어 있다. 위구부는 고대 철학자 아리스토텔레스가 가지고 다니던 등불과 비슷하다 하여 '아리스토텔레스의 등불'이라고도 불린다.

보라성게의 이름도 가지가지다. 제주도에서는 쿠살, 흑산도는 구살, 거문도는 밤살, 통영에선 앙장구라고 부르고 동해에서는 구시, 안전구시, 운단이라고 한다. 그런가 하면 일본에서는 우니, 영어로는 가시라는 뜻의 에키노(echino)라고 부른다. 성게는 입이 바닥에 있고 항문이 반대편인 위쪽에 있어 사람과는 반대의 구조를 하고 있다.

옛 문헌을 보면 성게를 해구(海毬, 바다의 공) 또는 해위(海蝟, 바다 고슴도치)로 불렸다. 정약전은 『자산어보』에서 '밤송이조개' 또는 '승률조개'라 불렀다. 우리나라에만 30여 종이 있으며 가시가 긴 것은 3센티미터 짧은 건 1센티미터 정도다. 성게 가시는 낚싯바늘 같은 미늘 구조라 한번 찔리면 심한 통증으로 며칠은 고생해야 한다. 해녀들 말에 의하면 모든 가시가 다 독을 품은 것은 아니고 유독 독한 것이 있는데 그것에 찔릴 경우엔 상당히 아프단다. 성게의 몸에는 가시 이외에도 '차극'이라고 불리는 막대 모양의 관이 튀어나와 있다. 미생물이 가시와 가시

사이로 침투하는 것을 막는 역할을 하는데, 미생물이 가시를 막아 버리면 움직일 수가 없으므로 반드시 필요한 기관이다. 성게의 가시는 부러져도 일정 기간이 지나면 새로운 가시가 재생된다. 불가사리처럼 조직을 재생할 수 있는 극피동물의 특성을 지녔기 때문이다.

"우리 아들 어릴 때는 고만고만한 것들이 모여 바닷가에서 놀았지. 학원도 없고 컴퓨터도 없고, 놀 곳이 따로 없을 때니 모래밭으로 몰려가는 거지. 수영도 하고, 고동 잡아 구워 먹기도 하고, 해가 빠지도록 거기서 놀았어. 놀 때 성게를 잡아다 구워도 먹데. 몇 놈은 나뭇가지 주워 불을 피우고 몇 놈은 성게를 갈라 알을 파먹고 거기다 쌀을 넣고 모양을 맞춘 뒤 실로 꽁꽁 돌려 맨다. 그리고 불에 올려 굽지. 성게 껍질을 밥솥으로 삼는 셈이지. 냄새가 좋아. 익으면 그걸 다시 벌려 익은 쌀을 파서 먹더라. 뭔 맛이냐 물으면 대답도 않고 먹었어. 그 양이 얼마나 된다고 곯은 배를 채우겠나. 재미로 하는 거지. 지금도 우리 아들은 성게알 보내 주면 옛날 얘기를 해. 모래밭에서 구워 먹던 성게밥이 맛있었다고. 그때야 한참 자랄 때니 뭔들 맛이 없었겠나."

보라성게도 물질로 잡아 오면 성게알을 분리하는 작업을 한다. 반으로 가르고 알을 파내고 이물질을 발라내고 하는 일에 손이 많이 갔다. 제주 해녀들은 제주수산연구원이 개발한 도구로 성게 작업을 한다. 끝부분이 납작한 반원 모양으로 스프링을 장착해 손잡이만 당기면 성게가 분리되는 구조다. 하지만 동해 해녀들은 여전히 수작업으로 성게알을 깐다. 손이 빨라 기계보다 더 정확하게 깬다. 알이 말똥성게보다 크고 색이 덜 노란 보라성게는 말똥성게보다 값은 떨어지지만 좋은 소득원이다. 예

부실한 보라성게와 불가사리 건져 올리기

전엔 보라성게알도 일본에 수출을 했는데, 도톰하게 발라낸 깨끗한 성게알을 작은 나무 갑(匣)에 두 줄로 담을 때 봉긋하게 중간 부분을 세워 줄을 맞추면 꽃잎처럼 예뻤다.

성게의 생식선에는 단백질, 비타민, 철분이 많아 빈혈 환자나 회복기 환자에게 아주 좋다고 알려졌다. 또 인삼처럼 사포닌 성분이 많아 결핵이나 가래 제거에도 효능이 있다고 한다. 대부분 날것으로 먹지만 미역국, 비빔밥, 국수 등 다양한 요리에 접목을 한다. 성게알에 소금을 넣어 일정 시간 발효를 한 뒤에 먹으면 생물보다 더 진하고 강한 향을 낼 수 있다. 일본에서는 요리법이 더 다양하다. 초밥이나 김말이, 튀김 등에도 사용하고, 성게의 윗부분을 동그랗게 잘라낸 뒤 다섯 개의 방에 노랗게 담긴 알을 작은 숟가락으로 떠먹기도 한다. 성게젓을 담글 때는 멍게를 조금 넣기도 하는데, 성게 90퍼센트, 멍게 7퍼센트 비율로 소금에 절이면 맛이 좋다. 전남이나 제주 지방에서는 성게젓을 구살젓이라고도 부른다.

성게 철이 아닌데 동해안 바닷가에 보라성게를 수북이 널어놓은 모습을 볼 때가 있다. 알이 조금 찬 것도 간혹 있지만, 대부분은 쭉정이다. 이는 수매용으로, 해녀들이 빈 성게들을 건져 말리면 수협에서 수매한다. 다른 것의 성장을 막고 바다의 사막화를 부른다는 이유로 불가사리를 잡아내는 것과 같다. 성게는 미역, 톳, 모자반 등 해조류를 닥치는 대로 먹어 치워 개체가 너무 많으면 백화현상을 부르는 요인이 되기도 한다. 아직은 개체수가 많아 걱정할 단계는 아니지만, 성게의 개체수가 지나치게 늘어나는 것은 바다 생태계에 이상이 생기는 증거로도 볼 수 있으므로 인위적으로라도 조율은 필요하다. 입이 바닥에 있어 바닥을 기어 다니며, 엄청난 식성으로 해조류나 바위에 붙어 있는 석회질의 해조류까지 먹어 치운다. 따라서 성게가 많아지면 1차

목이 탄다. 달달한 성게소 맛 좀 보자!

생산자인 해조류가 고갈되어 생태계의 불균형을 초래하기도 한
다. 성게는 1990년대 중반까지만 해도 수출의 역군이었으나 최
근에 와서는 개체수가 늘어나 해양 생태계 파괴의 주범으로 몰
리는 곤욕을 치르고 있다.

　말똥성게와 보라성게 두 종류 모두 돔 종류 물고기에겐 마
주 맛있는 먹잇감이다. 돌돔은 성게를 단단한 이빨로 깨고 속
을 먹는다. 돌돔의 취향을 읽은 낚시꾼들은 가위로 가시 부분
을 다 자른 뒤 낚시 바늘을 수직으로 관통시켜 빠지지 않게 고
정한 다음 던진다. 해녀들은 가끔 성게를 낚시꾼들에게 넘기기
도 했다.

　"성게 하나 까면 알이 쪼매 나와. 그걸 알로만 5킬로그램씩
하려면 얼마나 드나들어야 하겠나. 그래도 그건 아직도 좀 있
으니 할 만하지. 먹을 게 없어서 속이 덜 찬 성게는 잡아서 얕
고 풀이 많은 데다 옮겨 놓기도 해. 거기서 크면 잡지. 소라나

전복처럼 잡아 오면 일이 끝나는 거에 비하면 성게는 힘들어. 그거 발라내고 나면 손톱 밑도 아프고, 허리도 아프고 저녁엔 끙끙 앓지. 그래도 그 오목한 곳에 노란 알이 소복하게 찬 거 보면 좋다. 노랗게 알만 모아 놓으면 예뻐. 그 맛에 하지. 성게를 깨서 알을 발라내다 보면 오만 생각이 다 다녀가. 사람들은 성격이 둥글둥글한 걸 좋다고 하잖아. 그런 사람은 이용해 먹는 사람들이 많아. 나는 성게처럼 겉은 조금 까칠해도 속이 알차고 둥근 사람이 좋아. 성게를 깨 보면 둥글둥글한 방이 다섯 개 있는데 그 안에는 보드라운 알이 꽉 차 있지. 한마디로 실속이 있단 말이야."

　너도나도 피서를 떠나는 여름 한낮에 해녀들은 성게잡이를 한다. 뜨거운 햇살에 반짝이는 바다 저 깊은 곳에서 보라성게가 살기 때문이다. 세상 먹고사는 일이 어딘들 쉬울까마는, 그래도 육지 일보다 바다 일이 좋다. 바다 일은 서너 시간도 하지만, 육지 밭은 그만큼 못 맨다. 내 집 내 마을 앞바다에서 집안일 하면서, 아이들 키우고 돈도 벌고, 하는 만큼 보상받는 해녀 일이 좋다. 그러나 다시 태어나도 해녀가 될지는 좀 더 생각해 봐야겠다.

8장

천하에 다시없을 인물단지, 천하에 다시없을 맛 —— 군소

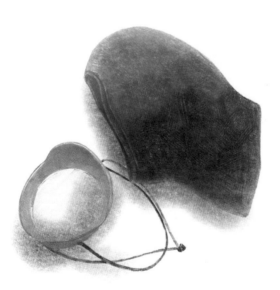

군소

얕은 바다 갯바위에서 낚시를 즐기다 보면, 퍼덕이는 물고기 대신 입도 꼬리도 모를 물컹한 덩어리가 올라오는 것을 볼 수 있다. 태공에게는 반갑지 않은 품목이라 아무렇게나 던져지기도 하지만, 이것의 참맛을 아는 사람은 살뜰히 장만해 챙긴다. 군소를 '군수'라고 부르는 사람이 많다. 비슷한 어감 탓이기도 하지만, 내심 어딘가에 참 밉상인 군수가 있어 빗대어 부른 건 아닐까도 싶다. 군소가 들으면 참으로 섭섭할 얘기겠지만, 그만큼 생긴 게 고운 것과는 거리가 멀어도 한참 멀다. 이런 모습은 식욕과도 거리를 둔다. 오죽하면 『자산어보』를 쓴 손암 선생이 군소를 벌레[蟲]에 넣었을까. 하지만 건들면 파란 잉크를 엎지른 듯 바위를 물들이는 군소도 바닷속에서는 그 자태를 발한다. 물속 당당한 식구로 몸을 길게 늘여 기다란 더듬이로 먹이를 찾아 살아가는 군소의 참모습은 해녀들만이 알 것이다.

"못나고말고. 천하에 다시없을 인물단지가 군소다. 깊은 데도 살지만, 얕은 데도 많이 살아서 애들도 잘 잡아. 풀 같은 데 손을 넣으면 물컹한 게 잡히는데 그게 군소야. 재주 좋은 애들은 꽤 많이 잡아 오지. 군소는 바위에 바락바락 문대서 피를 싹 다 없애야 먹을 수 있어. 독도 있고 냄새가 나거든. 우리가 물질을 하면서 보면 군소는 주로 물풀에 붙어 있지. 미역도 좋아하고 풀은 다 좋아해. 문어처럼 재빨리 달아나고 숨고를 안 하니 봤다 하면 다 잡는데, 꼭기로 떼어 망사리에 담으면 제법 무거워서 수가 적을 때는 내장을 제거해 헹궈 담지. 모양은 그래봬도 제법 맛있어. 우리 동해에서는 군소를 제사상에도 올린다. 문어나 군소나 조상님은 다 좋아하시지."

군소는 고동류에 속하면서도 조가비가 없어 육지에 사는 민달팽이와 비슷해 '바다 달팽이'라고도 불린다. 또 서양에서는 귀여운 토끼를 닮았다 하여 바다 토끼(sea bunny)라고도 한다. 우리나라에서 인물 없다고 구박받는 군소를 서양 사람들은 귀엽다고 표현하는 걸 보니 동서양의 시각이 다르긴 한가 보다. 뭍에 오른 군소는 형체를 표현하기 힘든 그저 덩어리에 지나지 않아 보이지만, 물속에선 제법 이목구비가 뚜렷하다. 몸 양쪽에는 지느러미 같은 날개 모양의 근육도 있고, 머리에는 촉각과 후각을 느끼는 더듬이가 있다. 주로 흑갈색 바탕에 회백색을 띠며 주변 상황에 맞게 색을 조금씩 바꿀 줄도 안다. 형상은 알을 품은 닭과 같으나 꼬리가 없고, 머리와 목이 약간 높으며, 고양이 귀와 같은 귀가 있다. 배 아래는 해삼의 발처럼 발이 있으나 역시 헤엄은 칠 수 없다. 해녀들뿐 아니라 바닷가에서 어린 시절을 보낸 중년들 중에는 군소의 교미 모습을 기억하는 이가 상당할 것이다. 암수 한 몸인 군소는 여럿이 무리를 지어 둥근 형태로 짝짓기를 하는데, 연쇄교미를 하는 것이다. 한 마리가 약

군소, 이래 봬도 바다에선 한 인물 하지

한 달 남짓한 동안 1억 개의 주황색 알을 낳기도 한다는데, 그에 비해 군소 수가 적은 것은 아마도 그 알을 즐기는 무리가 있는 탓이리라.

군소도 성질이 있다. 위협을 받으면 보라색 독을 내뿜는데 서양에서는 오래전 이것을 옷감 염색하는 데 썼다고 한다. 이것은 체액인데 '전복 잡아먹은 손은 표시 안 나도 군소 잡아먹은 손은 표시가 난다'는 말도 있을 정도로 쉬이 물이 든다. 서양에서 군소를 식용으로 사용했다는 얘기는 아직 듣지 못했다. 군소는 날것으로는 먹지 못하고 삶아서 먹는데, 요리법도 그리 다양하지 않다.

"군소 그거는 삶았다 하면 가관도 아니야. 두 손 가득한 놈을 삶으면 엄지손가락만도 못 하게 줄지. 한 솥단지 넣고 삶으면 한 소쿠리도 안 나와. 군소도 참군소와 말군소가 있는데 말군소는 개군소라고도 불러. 전라도에서는 담배군소라고도 한다더라. 참군소는 먹을 수 있지만, 말군소는 먹으면 안 된다 하데. 보기에도 참군소는 검은 바탕에 흰 점이 있어 깔끔하지만, 말군소는 누르스름한 게 냄새도 나고 무늬가 얼룩얼룩하니 어지럽지. 먹는 참군소도 알이랑 내장에는 독이 있어서 속을 아주 깨끗이 장만해야 해. 둥그런 배 쪽을 굴 껍데기로 쿡 찔러 자르면 내장이 주르르 빠져나오거든. 내장을 다 긁어내고 백번이고 씻어 피를 없애지 않고는 먹을 수가 없어. 바다에서는 거품이 일 때까지 바위에 벅벅 문지르는데, 보라색 피가 하나도 없어야 해. 삶아서 썰면 까만 껍질 속에는 노란 게 있는데, 거기가 씹으면 그나마 고소해. 가끔 오일장에 꼬챙이에 꼬치처럼 끼워서 팔러 나가는데, 일부러 그거 찾으러 오는 사람도 있어. 초장에 찍어 술안주 하면 좋거든. 육지 사람들은 봐도 먹는 건 줄 몰라."

영남 지방 사람들이 주로 먹는다는 군소는, 맛을 한마디로 표현하기가 참 어렵다. 데치는 것 외에는 국을 끓이기도, 볶음으로 하기도 애매하다. 채소와 함께 고추장 초무침 정도를 해야 그나마 모양이 날 텐데, 초장 속에 파묻힌 군소의 맛을 찾기란 아무래도 쉽지 않다. 질기기도 하고 씹어도 훌훌 넘어가질 않으니 어떤 사람은 군소 맛을 스펀지나 코르크 마개 씹는 것에 비하기도 한다. 군소를 삶을 땐 물을 붓지 않아야 한다. 자체에서 물이 많이 나오기 때문이다. 종일 파래나 미역 등 해조류를 뜯어 먹고 사는데 먹성이 얼마나 좋은지 200그램짜리 군소가 약 1킬로그램의 풀을 먹어 치운다는 얘기도 있다. 덩치가 큰 군소는 500그램이 넘게 나가기도 한다.

군소는 피부의 상처나 염증 치료제로도 쓰인다고 하는데, 뒷받침할 만한 의학적 근거는 아직 없다. 다만, 피부 재생 능력을 활용한 기능성 화장품 출시를 시도한다는 보도가 잠깐 나온 적

두렁두렁 이야기하며 성게소 발라내기

은 있다. 흔해 빠진 못난이라고 통박을 받던 군소도 점점 그 모습을 보기가 힘들다. 해녀들은 물풀 일렁이는 푸른 동해가 예전처럼 싱싱하고 건강한 해산물을 길러 냈으면 좋겠다는 바람을 지니며 산다. 12월은 공장 가고, 3월 4월은 미역하고 해삼 잡고, 6월부터 8월까지는 보라성게 잡고 전복 따고, 가을 깊어지면 말똥성게 잡아 까고 미역짬 매고……. 동해 해녀의 1년은 바다를 맴돈다. 그렇게 한생을 바다 곁에서 물질만이 천직인 양산다.

9장

입속에 정말 파랑새가 살았을까?

말똥성게

말똥성게

찬바람 부는 오후, 공동 작업장에서 해녀들이 말똥성게 작업을 한다. 벽에는 물이 뚝뚝 떨어지는 두룽박과 망사리 들이 잔뜩 걸려 있다. 수북수북 쌓아 놓은 성게 무더기에 둘 혹은 셋씩 둘러앉아 말똥성게를 반으로 가르고 성게의 알을 꺼낸다. 모두 발라낸 성게알은 물이 조금 고인 쟁반에 담아 하나하나 살핀다. 핀셋으로 가시나 이물질을 골라내야 하기 때문이다. 오전 물질만으로도 힘에 겹지만, 성게알을 깨끗하게 장만하는 것까지가 작업이다 보니 짧은 하루해가 아쉽다.

경북 동해안의 경우, 보라성게는 여름철에 잡지만 말똥성게는 겨울이 채취 철이다. 바닷가 둔덕에 억새가 다녀가고, 연보랏빛 해국이 다녀가고, 덕장에 오징어가 걸릴 무렵 바다에선 해녀들의 말똥성게 작업이 시작된다. 지역에 따라 약간의 날짜 차이는 있지만 11월에 시작해 12월이면 모두 마친다. 겨울철 일이다 보니 대부분 고령인 해녀들에게 버거운 일일 수 있다. 그러나 오랜 세월 습관처럼 드나든 바다가 주는 선물이라 차가운 날

씨도 감내하고 받아 낸다. 오래전에는 바닷가가 주 놀이터였던 해동(海童)들도 성게를 건져 알을 까먹거나 엿장수에게 가서 엿과 바꿔 먹을 정도로 많았다. 간혹은 노란 양은 도시락을 쥐여 주며 가득 채우면 2천 원을 준다는 아저씨 말에 득달같이 뛰어들어가 성게를 잡고 알을 발라내 부지런히 도시락을 채웠다. 십원짜리 동전 하나도 귀하던 시절, 2천 원이라는 거금은 아이들을 한껏 들뜨게 했을 것이다.

"동해는 바위가 많고 아래가 붉어. 천초, 도박이 일렁이지. 하지만 테레비에 나오는 외국 바다처럼은 아니야. 산호 같은 건 없지. 그래도 철 따라 변하는 게 볼 만해. 육지에 봄이 오면 바다에도 봄이 오고, 육지에 가을이 오면 바닷속에도 가을이 와. 육지 단풍처럼은 아니지만 물풀도 누렇게 세지. 풀이 많은 곳에 물건이 있으니 우리는 풀 구경을 많이 하지. 보라성게는 빤히 보이는 데 살지만, 말똥성게는 주로 돌 밑에 살아. 돌을 요래 들추면 물 힘에 희뜩 넘어간다. 거 보면 말똥성게가 소복이 있다. 모래밭에 것보다 풀 많은 데 걸 잡으면 알이 꽉 차고 좋지. 말똥성게는 찬바람이 나면 가로 나오거든. 그러면 가까운 곳에서도 잡고 바다가 넓으니까 장내 경계까지도 들어가 잡지. 돈이 되니까 어디든 있으면 다 잡아. 물건은 많은데 손이 모자라면 옆 동네 어촌계에 지원도 요청하지. 우리도 남의 바다 가서 많이 잡았어. 대동배(구룡포에 있는 마을 이름)에서 원정 부탁하면 가서 잡고, 젊을 땐 멀리 강원도까지 가서 거기 것도 잡았어."

동그랗고 가시가 짧아 말똥처럼 보인다 해서 말똥성게라는 이름을 얻었다는 말똥성게는 지름이 약 4~5센티미터, 높이가 약 2센티미터 정도이다. 전남이나 제주에서는 '구살'이라고 부

르며 경북 동해안에서는 안게이, 운단으로도 부른다. 바닷물이 들락날락하는 조간대의 바위가 많은 곳에서 돌 밑이나 돌 틈에 살며 몸은 둥글고 잔가시가 많이 나 있다. 색깔은 암록색이며 봄에 산란하고 우리나라에서 많이 잡는다. 특히 바위가 많고 해조류가 풍부한 동해안에서 자라는 말똥성게는 알이 실하고 좋다. 보라성게보다 몸 크기는 작지만 알이 야물고 향이 진해 값도 비싸게 받는다. 예전에는 전량 일본에 수출을 했다. 일본 사람들은 직접 작업 과정을 지켜보며 최상급 성게알을 원했다. 위생모까지 깔끔하게 쓰고 나무 상자에 담는 것도 일정한 모양으로 알을 접어 볼록하게 두 줄을 맞춰야 했다. 그렇지 않으면 퇴짜를 놓았다.

"말똥성게 작업할 때는 물안경, 꼭기, 장갑, 오리발, 바드레, 망태 다 가지고 들어간다. 따로 따로 살지 않고 모여 살아. 돌을 들춰 소복이 사는 말똥성게를 발견하면 기분이 좋지. 그럴 때는 꼭기 들고 바드레 대고 마치 쓰레받기에 담듯이 한 뒤에 올라와 동그랗게 망태처럼 짠 조래기에 담는다. 조래기는 망사리보다 좀 작아. 기왕이면 많이 모여 있는 자리를 발견하려고 애를 쓰지. 해녀들도 자리를 모르는 사람이 있고, 물속 길을 잘 아는 사람이 있잖아. 풀을 봐. 겉모양이 같아도 풀 많이 있는 데는 알이 실하고 풀 없는 데는 쭉정이야. 풀이 지들 밥이니 풀이 없으면 지들도 배가 곯지. 한두 개 갈라 봐서 쭉정이면 거서 안 잡고 자리를 옮겨야 해. 한 마리가 쭉정이면 근방은 다 그렇다고 봐야지."

바람이 고요하고 파도가 없으면 어촌계에서 마이크로 작업하라고 알린다. 대부분 하루 전에 작업 여부를 알지만 바다 날

씨는 변화가 심해 당일 아침에 취소되는 일도 허다하다. 영일만 호미곶 해녀들은 트럭을 타고 장내라는 곳까지 가서 물에 들어가 잡으면서 구만리까지 내려온다. 아침에 나가 한나절 작업을 하고 두 시 정도 되면 돌아오지만, 미역과 마찬가지로 말똥성게 작업도 뭍에서의 일이 절반이다. 계절이 겨울이긴 하지만 싱싱하게 건져 올린 말똥성게를 푸짐하게 쌓아 놓으면 고된 몸은 뒷전이었다. 방금 물질을 하고 나온 해녀들과 이웃 사람들이 손을 보태며 성게알 발라내는 작업을 함께했다.

"나는 젊어 겁이 없었어. 깊은 데고 낮은 데고 가리지 않고 들어갔지. 우리 친구가 동네 오빠하고 결혼을 했는데 내 뿐을 보지 말라고 했다데. 거칠다 이거지. 동해안은 물속에 바위가 많아 풀도 잘 자라고, 고기도 맛있고, 전복이고 뭐고 질이 좋지만, 해녀들은 돌에 무르팍도 찍히고 긁히고 작업하기가 쉽지 않다. 말똥성게는 날이 추워지면 얕은 바다로 나오는데 그걸 따다가 파도가 치면 사람이 구른다. 이리 넘어지고 저리 구르고 난리도 아니지. 겨울에 들어가면 말똥성게가 발에 밟혔다. 이제는 그만큼 없다. 요즘은 망사리 도망가지 말라고 닻줄을 돌에 묶어 두고 엄청 깊은 데까지 내려간다."

『자산어보』에는 말똥성게를 승률구(僧栗球)라고 부르며 다음과 같이 기록했다.
"밤송이조개에 비해 털이 짧고 가늘고 빛깔은 노랗다는 게 다르다. 장창대(장덕순이라는 사람으로 손암 선생에게 흑산도 물산에 대하여 도움말을 준 이)의 말에 의하면 지난달 이 조개를 보았는데 입속에서 새가 나왔다고 한다. 머리와 부리가 이미 형성되어 있었으며 머리에 이끼 같은 털이 달려 있었다. 죽

성게소 발라내는 도구들

은 것인가 해서 만져 보니 움직이는 것이 평일과 다를 바 없었다. 껍데기 속의 모양은 보지 않았으나 이것이 변해 파랑새(靑雀, 푸른 참새)가 된 것이다. 새로 변한다고 사람들이 흔히 말하는 율규조(栗毬鳥, 밤송이새)가 이것이라고 한다."

현재의 사고로는 도무지 연관성이 없어 보이는 성게와 파랑새지만, 지금 우리가 안다고 여기는 틀을 걷어 내고 보면 그리 놀라울 일이 아니다. 구룡포 응암산 꼭대기에 있는 박바위에는 굴 화석이 다닥다닥 붙어 있다. 깊은 바다에나 있을 법한 굴이 산꼭대기 바위에 왜 붙어 있을까? 상상하기 힘들지만 아주 오래전엔 그곳도 바닷속이었다는 생각에 이르면 누구나 끄덕거린다. 사실일 수도 있고 또 그 이외의 추측도 충분히 가능하다. 성게의 입속에서 새가 나왔다는 것 또한 의심보다는 무수한 상상을 부르는 대목이다.

"수북이 들고 오면 저녁내 까서 담날 아침에 달아 주고 또 물질하러 나갔지. 온 식구가 들러붙어 깠다. 혼자서는 못 해. 껍질을 깨서 알을 발라내고 잘잘한 껍데기가 들어갔는지 다 살펴보고 나무 상자에 담아야 하는데 혼자 어찌 하나. 서넛이 까야 되고 갑에 놓는 사람도 둘이 필요했어. 커피 숟가락을 귀이개같이 갈아서 알을 파냈는데 요즘은 파는 가게도 있어. 잘잘한 껍데기 발라내는 거는 핀셋으로 하지. 뚫어져라 보며 해야 하니 눈이 시리고 아프지. 이걸 언제 다 하나 싶어도 두렁두렁 떠들다 보면 다 해. 성게알은 일본 사람들이 참 좋아해. 아까워서 한 번에 안 먹고 쪼매씩 아껴 먹는다 하데. 요즘은 동네마다 작업장이 있어서 거기서 다 까고 와."

성게알은 독특한 맛뿐만 아니라 영양 성분과 효능에도 주목

할 만하다. 성게알 100그램에는 약 15그램의 단백질이 포함되어 있고, 세포를 구성하고 대사 과정을 조절하는 아연이 풍부해 원기(元氣)에 좋다고 한다. 여기에 포함된 지방은 불포화 지방산으로 콜레스테롤 수치를 낮추는 데 도움을 주며, 오메가3은 혈압을 낮추고 심장 질환의 위험을 줄여 준다. 그뿐이 아니다. 칼슘, 인, 철분, 비타민 B 등 다양한 성분을 갖고 있는데, 특히 성게알의 효소는 알코올을 해독하는 작용이 뛰어나 술안주로 먹거나 술을 마신 다음 날 해장을 위해 먹으면 좋다. 바닷가 정자에 둘러앉아 종이컵에 성게알을 넣고 소주를 부어 마시는 사람들을 본 적 있다. 이들은 술을 마시는 순간부터 해독을 겸하고자 한 것일까, 아니면 단지 성게 향이 밴 소주를 마시기 위해 그저 마신 것일까 문득 궁금해진다.

"다닥다닥 모여 사는 거 보면 좋지. 기분 좋지. 한 사십 년 들락거리니 어디 가면 뭐가 있는지 다 안다. 초짜 때 나만 졸졸 따라붙는 사람이 있었지. 그러면 불러서 내 자리 맞춰 놓았다가 주고 나는 비껴서 잡았어. 나도 그렇게 도움을 받았으니까. 성게알을 까서 수출할 때는 하루에 180만 원, 200만 원 벌 때도 있었어. 울 아저씨 돈은 돈도 아니었다. 우리 자식들한테 과자란 과자는 다 사 줬어. 어미가 맨날 물에 가 사니 미안하기도 하고, 다 새끼들 먹여 살리겠다고 하는 일이니 뭐가 아깝겠나. 물에 댕기다 안 댕기면 몸이 무겁고 아파. 소화도 잘 안 되는 것 같고 팔다리도 쑤시고. 한번씩 들어가서 물질을 하고 나면 몸이 좀 가벼워지지. 팔십 먹은 노인이 물질할 때는 멀쩡했는데, 자식들이 그만하라고 집에 눌러앉히니 얼마 못 살다 가더라. 희한하제?"

성게알 요리는 10년 전만 해도 우리나라에서는 고급 일식집에서나 겨우 맛볼 수 있을 정도로 귀했다. 그러다 일본 수요가 줄면서 수출량이 줄고 자연스레 가격이 내려 대중화되었다. 쓴 맛과 고소한 맛이 함께 있어 호불호가 갈리지만 성게만의 독특한 맛 때문에 마니아가 많은 편이다. 성게알의 맛은 막 잡아 와 바닷가에서 장만하는 해녀에게 작은 수저 한 입 얻어먹는 게 최고다. 그러나 그런 일은 때와 운이 따르지 않으면 불가한 일이고, 대부분 성게 철에 횟집에서 조금씩 맛보기로 내는 것과, 판매처에서 500그램, 1킬로그램 단위로 포장된 것을 사서 회로 먹는 것이 성게알을 접하는 방법이다.

성게알은 어느 요리에나 넣으면 어울린다. 적은 양으로도 성게 고유의 향을 내기 때문에 비빔밥, 미역국, 초밥, 우동, 덮밥, 달걀찜, 파스타, 전, 김밥, 국수, 성게알젓 등 모든 요리에 쓴다. 라면을 끓일 때도 성게알을 한 술 넣는 순간 그 맛과 급이 달라진다. 전남 완도에서는 성게로 식해도 만드는데 성게를 끓는 물에 살짝 데쳐서 데친 물과 데친 성게를 함께 냉장고에 넣어 한나절 숙성시킨 후, 오이와 데친 양배추를 채 썰어 넣고 식초를 약간 곁들인 다음 잘게 썬 매운 고추나 부추를 넣어 먹는 것이다. 그러나 동해안 사람들의 성게알 활용 요리는 보라성게와 말똥성게 모두 비빔밥과 미역국이 주를 이룬다. 시간이 조금 경과해 신선도가 약간 떨어질 때는 어쩔 수 없이 살짝 졸이는 방법을 택하기도 한다.

미역국을 끓이는 법은 간단하다. 일반 미역국과 같이 불린 돌미역에 참기름, 국간장, 다진 마늘을 넣고 볶은 뒤 물을 붓고 미역이 부드러워질 때까지 끓인다. 돌미역은 충분히 끓여야 부드럽고 구수한 맛이 돌기 때문이다. 성게알은 불을 끄기 바로 전에 넣는데 너무 익히면 굳을 염려가 있고 살짝 익었을 때 성게알이 지닌 향을 오래 유지할 수 있다. 비빔밥 역시 싱싱한 성게알만 있다면 간단하다. 잘 지은 밥에 성게알만 올려도 다른 간이 필요 없을 정도로 맛있지만, 제철 채소를 잘게 채 썰어 올리고 성게알을 올린 후 참기름을 살짝 떨구면 보기에도 좋고 맛과 식감이 더 좋다.

"말똥성게알은 주정 과정을 거쳐 먹기도 해. 성게알에 소금을 넣고 독한 술을 부어 숙성을 시켰다가 먹는 방식인데, 일 년 내내 꼬슬꼬슬한 상태와 맛이 오래 유지되지. 생물 성게알에서 비린 맛을 느끼는 사람은 꼭 주정한 것을 찾아. 필요에 의해 거래가 되는데 값이 비싸. 예전에는 낚시꾼들도 성게를 샀어. 고기 잡을 때 성게를 미끼로 쓴다고. 돌돔 같은 돔 종류가 말똥성게를 좋아하는데, 머리가 좋아 주둥이로 툭툭 쳐 뒤집어서 성게 입을 위로 올리고 이빨로 깨 먹는다 하데. 킬로로 달아 팔았어. 까서 파는 거보다 돈은 적지만 수입이 꽤 됐어. 낚시꾼들에게 성게 팔아 시아버지 약도 지어 드리고 육성회비도 내고 했지."

해녀들에게는 미역이 봄이라면 말똥성게는 겨울이다. 이른 아침 물에 들어 성게를 잡아 올리고, 손톱 밑이 까맣도록 성게를 깐다. 겨울이 깊을수록 바닷바람은 우렁차다. 젊어서 그렇게 벗어나고 싶던 바다, 나이 들어 돌아보니 사랑도 이만한 사랑이 없다. 말 한마디 없는 저 바다가 내 새끼 먹여 기르라고 천초, 미역, 전복, 성게 다 내주었다. 울화가 치밀어 삭일 재간이 없던 날들도 다 받아 주었다. 산천 바라볼 겨를도 없이 바다만 보다 한 살 또 얻지만, 푸른 동해는 해녀들의 밭이고, 품이고, 고향이다.

10장

동해 굴보다 더 실한 놈 있으면 나와 봐

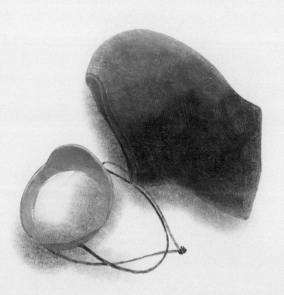

굴

굴

마당 수돗가에서 해녀 둘이 뭔가 힘들게 깨고 있다. 바닥에 쿵쿵 찧기도 하고, 망치로 두드리기도 한다. 어른 두 손으로 감싸도 모자랄 크기의 동해 굴이다. 겨우 벌리니 그 안에서 물렁한 굴 한 덩어리가 나온다. 물에 씻어 채반에 담으니 몇 개만으로도 수북하다. 하나 들어 입에 넣어 주는데 입안이 부족해 잘라 먹어야 한다. 그 맛은 말해 무엇하랴. 굴은 서해나 남해에서만 나는 줄 알았는데 동해에도 굴이 난다니. 그것도 어마어마하게 크다. 벚꽃이 필 무렵, 섬진강에서 잡히는 벚굴이 크다지만 동해 굴은 그것보다 더 크고 튼실하다.

굴은 양쪽이 조개처럼 합쳐 있다. 몸통은 정해진 모양이 없이 제멋대로고, 껍데기는 우툴두툴하며 종이를 겹쳐서 바른 것처럼 첩첩이 붙어 있다. 밖은 거칠지만 속은 하염없이 부드럽고 매끄럽다. 껍데기는 갈아서 바둑돌을 만들었다. 예전에 저울이 없을 때는 마리 수로 팔았다. 열 마리를 한 꼬지라고 했는데, 큰 것 한 마리가 하나이니 작은 것은 세 마리, 네 마리도 한 마리

노릇을 했다. 게다가 덤까지 달라고 떼를 쓰면 한 꼬지에 열대 여섯 마리가 달려 가곤 했다. 홍합도 전복도 그렇게 팔았다.

"울진 왕돌짬이나 호미곶 구만리 물등대 주변 다릇돌이라 는 바위에는 크고 실한 굴이 많았어. 허옇게 더께로 붙어 있었 지. 수영해서도 가고 배 타고도 갔는데, 해녀들 여럿이 가도 따 는 사람만 따. 빙 둘러 그리 많이 붙어 있어도 못 따는 사람은 하나도 못 따지. 이거는 요령이 있어야 해. 물에서 보면 굴들이 입을 조금 벌려 물을 먹고 있거든. 약간 벌어져 있는 곳을 입 이라고도 하고 눈이라고도 하는데, 거기를 꼭괭이로 탁 찍어가 확 제쳐야지. 슬슬 건들면 입을 꼭 다물어 절대 못 따. 어떤 때 는 위에 껍데기만 떨어져 알이 다 보일 때가 있어. 굴 속이 다 달라붙은 게 아니고 한쪽만 달라붙고 궁디는 들고 있으니 위에 껍데기가 떨어지면 물살에 출렁출렁한다. 그거는 들고 올라와 물 위에서 바로 씻어 먹지. 굴은 전복 따는 꼭기로는 안 돼. 농 사지을 때 쓰는 꼭괭이로 찍어야 겨우 따지. 어느 핸가 나 혼자 트럭으로 반도 땄다. 풀어놓으니까 사람들 모두 기절하더라. 그땐 힘든 것도 모르고 땄지. 그 바람에 이제는 팔도 잘 못 써. 여기서 바라보면 눈에 선해. 거기 가면 아직도 조금은 안 있겠 나 싶지만 요즘은 안 가. 가끔 아는 사람이 그거 좀 먹고 싶다 하면 들어가 몇 개씩 따 나오지. 굴을 영덕에서는 부주게라고 하고 호미곶은 석화라고 불러. 생것도 먹고 구워도 먹는데 생 거가 그래 사람에게 좋다더라. 꼭 우유처럼 들큰하고 고소해. 이런 굴은 감포나 포항보다 울진 쪽에 더 많다던데 지금은 거 기도 없지 싶다."

아주 오래전엔 경정1리 백사장 넓적한 돌에도 굴이 하얗게

해녀는 바다가 받아 준 유일한 여인들

깔렸다. 그때는 먹고 싶은 사람이 가서 한두 개씩 따 먹었을 뿐 팔거나 하지는 않았다. 이후엔 굴을 캐고 까서 시장에 팔러 갔다. 임자를 잘 만나면 손바닥만 한 것 하나에 500원을 받을 때도 있었다. 파도가 치면 모래에 묻혀 모두 죽었다. 더 먼 바다로 들어갔던 굴이 아예 안 보이기 시작한 것도 십 년이 넘었다. 사람들 기억 속에서도 서서히 동해 굴은 잊혔다. 바다가 주던 튼실한 굴은 이제 그걸 따던 해녀들만이 간간 기억할 뿐이다.

한평생 이만하면 잘 살았지

11장

소 치 · 우 뭇 가 사 리 · 진 저 리 · 톳 · 돌 김 · 도 박

———

바 다 풀

바다풀

끊어다 장에도 박고,
간장에도 절이고 해서
잘 먹었지

소치

학원도 놀이터도 없던 시절, 학교 수업을 마친 아이들은 하얀 모래가 유난히도 고왔던 부락케로 몰려나가 놀았다. 목선이 들고 나는 바다 곁에서 수영을 하고 조개를 잡아 삶아 먹었다. 트위스트를 추듯 모래를 비비면 발가락 끝에 걸리던 그 많은 백합은 어디로 갔을까? 오일장이면 서넛이 장터로 몰려가 쌀 팔러 온 할머니의 난전에서 한 줌씩 쌀을 움켜쥐고 냅다 부락케로 내달렸다. 호통은 쳤지만 따라오진 않으셨다. 좁은 동네, 고만고만한 살림에 너 나 할 것 없이 모두가 자식이고 어미로 살았던 탓이리라. 땅을 파고 불을 피워 숭숭 구멍을 낸 깡통에 쌀을 담아 올리고 후후 불며 꼰밥을 했다. 오돌하니 입안에서 돌던 고두밥도 맛있다고 먹던 어린 얼굴들 위로 비추던 석양은 참 아름다웠다.

소치는 인근 바다에서 봄철에만 잠깐 건져 올리는 바다풀이다. 동해안 사람들이 다 아는 이름이지만, 이곳저곳을 검색해도

129

관련 자료를 찾을 길이 없다. 진저리, 꼬시래기, 모자반, 톳과 비슷하지만, 분명 다른 생김새인데 말이다. 1970년대 중반까지만 해도 어느 집이든 찬거리가 되었다는 소치. 소치는 어떤 바다풀일까.

해조류(海藻類)에 대한 인식은 동양과 서양에서 큰 차이가 있다. 해조류를 우리나라와 일본에선 '바다의 채소'로 여기는 데 반해, 서양에서는 '바다의 잡초(seaweed)'로 인식하고 있다. 해조류는 전 세계적으로 우리나라, 일본, 대만 등지에서 가장 많이 먹는다. 미역이나 다시마, 파래, 김은 전 국민 누구나 애용하는 해조류이고 해안가 원주민들 사이에서는 진저리나 꼬시래기, 모자반, 톳 등이 무침이나 장아찌로 사랑받았다. 그러나 최근엔 웰빙 바람을 타고 도회지에서도 해초는 상당한 인기를 누린다. 그동안의 해조류는 장기 보관을 위해 염장 유통을 할 수밖에 없었는데, 최근 배송 및 유통이 활발해지면서 염분 사용을 줄이자 소비가 확대된 것이다. 다양한 메뉴로 활용할 수 있다는 점도 해조류의 식재료 활용 범위가 넓어진 이유 중 하나다. '뷔페' 형태의 외식업소가 늘면서 건강식 코너에도 해조류가 등장하고 있다. 또한 쓰임새도 다양하다. 우뭇가사리는 한천의 원료로, 모자반은 돼지 뼈와 푹 끓여 낸 제주의 음식 '몸국'의 재료로, 『자산어보』에 해송(海松)으로 기록된 녹조류 청각은 김장을 담글 때나 제철 생물을 활용한 물회에도 쓰인다.

해조류는 대체로 뿌리와 비슷한 부착기를 만들어 바다 밑바닥이나 단단한 구조물에 달라붙어 자라는데, 부착기는 부착 기능만 있을 뿐 고등식물의 뿌리처럼 영양소를 흡수하지는 못한다. 눈에 가장 잘 띄는 종류들은 갈조류이며, 이끼처럼 융단 모양을 이루고 있는 홍조류는 간조 때 볼 수 있다. 물이 얕은 곳에서 빽빽하게 모여 자라는 해조류는 바다의 가장자리를 따라 약

아이고야, 다 나와서 놓쳤데이

50미터 정도 되는 물속까지 뚜렷한 대상 분포를 보인다. 바다의 깊이에 따라 투과되는 빛의 양과 파장이 다르기 때문에 해수면에서 가까운 녹조류부터 갈조류, 홍조류에 이르기까지 서로 다른 깊이에 서식한다.

"소치는 1년에 딱 두 달 3~4월에만 채취했어. 작은 배들이 봄바람을 안고 인근 바다로 나가 소치를 끊어 오면, 공장에서 그것을 모아 깨끗이 다듬고 씻어 사나흘 자연 볕에 말렸지. 덕분에 소치 철에는 부녀자들에게도 일거리가 생겼어. 잘 마른 소치는 진간장, 물엿과 설탕을 짭짤하게 달인 물로 1차 양념을 해. 그리고 사나흘 간 숙성 후, 분량을 정해 비닐로 개별 포장해서 냉동 보관을 했지. 봄에만 잠깐 나는 소치를 일 년 내내 두고 팔려면 공장에선 그렇게 했어. 집에서는 봉지당 가격이 정해진 소치를 구입해 무쳐 먹었지. 비싸지는 않았어."

냉동 상태 소치를 풀어 녹이며 손으로 떼어 흩어 준다. 1차 가공이 된 상태라 그냥 먹어도 간장 맛이 짭조름하게 나는 게 꼬들꼬들 맛이 있다. 무치는 방법은 매우 간단하다. 고추장, 참기름, 물엿을 넣고 살살 주무른 뒤 깨소금을 넣는다. 다른 무침과 달리 소치무침엔 마늘이나 청양고추를 넣지 않는다. 맛이 강한 양념을 할 경우 소치 본연의 맛이 사라지기 때문이다. 후딱 무쳐 낸 소치무침에선 당장 밥 한 그릇 뚝딱 비우고도 남을 만큼 고소한 냄새가 온다.

"한 오십 년 됐나. 내가 시집왔을 때만 해도 지금 석병 방파제 이쪽으로 소치가 많았어. 뿌리가 굵다란 소치가 주렁주렁 얼마나 많이 달렸다고. 그거 끊어다 장에도 박고, 간장에도 절이고 해서 잘 먹었지. 그런데 배 들어온다고 다 파내고 삼발이를 갖다 놓고부터는 소치가 하나도 없어. 사람 편하자고 하는 일이 바다 것들에게는 상당히 안 좋은가 봐. 씨가 말랐는지 그 뒤로는 못 봤어."

종일 수영하고 모래밭에서 뛰어 놀다가 허기지면 부리나케 집으로 가 밥을 찾아 먹었다. 해녀 엄마는 물질 나가고, 상차림도 없이 보리쌀 섞인 찬밥에 물을 말아 후루룩 떠먹으며 집어 먹던 소치무침. 그거 하나를 놓고 먹어도 세상에 없을 꿀맛이던 시절이 있었다.

투명하고 미끌미끌한 것이
딱히 이 맛도 저 맛도 없지만

우뭇가사리

더운 여름, 우무묵을 썰어 넣고 물을 붓고 콩가루를 넣고 저
은 뒤 시원하게 들이켠다. 우무묵 자체로는 투명하고 미끌미끌
한 것이 딱히 이 맛도 저 맛도 없지만, 고소한 콩가루 덕에 술술
넘어간다. 우뭇국은 바닷가 사람들이라면 누구나 선호하는 여름
별미다. 땀을 뻘뻘 흘리고 학교에서 돌아오는 아이도, 그물 거두
어 돌아온 남편도 얼음 띄운 우뭇국 한 사발로 더위를 달랬다.

우뭇가사리를 경북 지방에서는 천초(天草)로 많이 부르며 해
동초(海凍草), 우모초(牛毛草)라고도 부른다. 모습은 풀가사리
와 유사한데, 다만 몸통이 납작하고 가지 사이에 가느다란 잎
이 있으며 색이 자색인 점이 다르다. 천초는 정해진 시기가 있
는 것이 아니고 일 년에 여러 번 채취했다. 첫 수확은 일반초,
두 번째는 이반초, 세 번째는 삼반초. 파도가 많이 치면 천초
가 물가로 밀려왔다. 식구 수대로 나가 이놈도 줍고 저놈도 주
웠다. 민물에 한 번 헹궈 널어 말리면 자색이 점점 빠졌다. 그렇
게 몇 번을 씻어 널다 보면 우뭇가사리 색은 어느새 허옇게 변
했다. 옛날에는 미역바위처럼 천초바위 역시 주인이 있어 사고
팔았다. 바위 주인이 해녀들에게 뜯어 달라 부탁을 하면 물질을
해 뜯어 왔는데 그땐 말리지 않은 생풀을 저울에 달아 팔았다.
우뭇가사리 철이 되면 바위 주인이 인부도 사고, 해녀도 인부로
고용했다. 우뭇가사리 작업을 할 때는 새벽에 나가 오후 네다섯
시까지 하루 종일 물질을 했다. 한 사람이 몇 망태기씩 끊어 왔
다니 얼마나 풍성했는지 짐작할 수 있다.

"바다풀도 사람처럼 젊었다가 시들어지면 다 물 밑에 앉거

든. 물 밑에 앉는 자리가 있어, 그거 다 들어내고 나면 전복, 해삼 막 있었지. 이제는 바다가 백화현상인가 뭔가 때문에 아무것도 없어. 풀이 없으니 전복도 없지. 아무것도 먹을 게 없는 곳에 살겠나."

파도에 밀려 나온 것은 물가에서 끌개로 건졌다. 끌개는 바닷가에 떠다니는 해조류를 건져 올리는 갈고리로 작살처럼 긴 대나무 끝에 구부러진 쇠고리가 달려 있다. 예전엔 넷 혹은 다섯으로 갈라진 소나무의 가지를 꺾어 와 다듬은 후 장대 끝에 거꾸로 매달고 빠지지 않게 실로 단단히 묶어 만들었다. 던지기, 공쟁이라고도 불리는 끌개는 집집마다 하나씩 필수품이었다. 물속에 것은 물질을 해서 미역낫으로 끊었다. 물가에 있는 것은 만만하게 좀 작아 끊기가 번거롭지만, 깊은 데는 커서 외려 채취가 쉬웠다.

"열세 살 때부터 천초를 뜯었으니 내 경력이 육십 년이다. 가에 바위에서 뜯고 건지고 해서 모래 고운 부락케에 말려 엿도 사 먹고 그랬다. 그때는 뜯어 놓으면 엿장수가 그걸 샀는데, 엿하고 바꿔 먹었지. 먹을 게 없을 때 그 엿이 얼마나 달았겠나. 어무이가 엿 만드는 거 억수로 더럽다고, 엿장수가 다리로 막 민다고 했는데 사 먹지 못하게 하는 말이었다. 바다에서 채취한 천초는 하나하나 돌을 떼어 민물에 씻어 널어놓으면 마르면서 색이 하얗게 변해. 한 번이 아니고 마르면 또 씻어 널고 몇 번을 해야 하얘져. 솥에 물을 조금만 붓고 광목이나 삼베로 만든 자루에 안에 마른 천초를 넣어 불만 넣으면 국물이 나오는데, 자루를 건져 내고 우러난 국물을 부어 식히면 희고 말캉한 묵이 된다."
설탕이고 소금이고 아무 간도 하지 않다가 어느 정도 끓은 후

내가 만든 바드레다. 멋지제?

에 식초를 조금 넣었다. 무엇보다 물을 잘 맞춰야 하는데 물이 적으면 굳어 탁탁 벌어지고, 많으면 물러서 안 좋았다. 식은 우무묵을 채로 썰어서 콩가루에 타서 먹고, 썰어서 간장에 찍어도 먹고, 무쳐도 먹었다. 또 단단하게 잘된 것은 고추장 단지에 넣어 장아찌를 만들었다. 보기엔 힘이 하나도 없어 보이지만, 고추장 단지에 박아 두면 간도 배고 야물어져 반찬으로 먹기 좋았다. 요즘은 집집마다 고추장을 많이 담그지도 않거니와 우무묵을 장아찌로 담가 먹을 만큼 많이 만들지도 않는다. 장터에 두부를 만드는 집이나 국숫집에서 여름 한 철 별미로 우무묵을 만들어 판다.

"우뭇가사리 철에는 동네마다 사러 오는 사람들이 있었어. 추가 달린 기다란 저울대에 꽉꽉 눌러 담은 천초 자루를 달아서 쟀지. 그땐 뚫어져라 바라봐도 추를 다루는 업자의 속을 읽을 수가 없었다. 갸우뚱하면서도 주는 대로 군말 없이 돈을 받았지. 요즘은 아주 좋아. 앉은뱅이저울에 달고, 전자저울에 다니 속을 일이 없지. 예전만큼은 아니지만, 많이 해. 천초 철은 참 좋아. 5월 보리가 누렇게 익으면 바람에 보리 냄새가 후~ 오지. 발갛게 넘어가는 노을도 아주 멋진 시절이지. 물일은 고되지만, 어느 누가 평생 이런 경치를 보며 살겠나."

진저리 숲은
물고기들 산부인과

진저리

진저리는 일자로 자라 물살에 서서 일렁인다. 깊은 바다에서 노르스름한 것들이 무리지어 일렁이면 봄 산 나무들 가지마다 새싹이 막 돋을 무렵같이 색이 곱다. 자르면 또 자라는데 새로 돋는 순들은 연해 먹기에 좋다. 겨울이 물러가고 봄의 기운이 올 때 해녀들은 물질로 진저리를 뜯고, 사람들은 까꾸리로 밀려 나온 진저리를 줍는다.

"바닷가에 돌에 붙어서 올라오는데 키가 크니 휘청이지. 어른 키보다 더 큰 것도 있어. 그런데 물 위쪽으로 올라가는 건 못 먹는다. 햇볕을 쬐면 진이 생기거든. 또 음력 설 전에 먹어야지 설이 지나면 미끌미끌한 진이 나서 못 먹어. 그 진이 나는 게 아마도 햇빛도 햇빛이지만, 온도가 높을 때 생기나 봐. 미역 할 때 쓰는 낫으로 슥슥 끊어다가 빨아서 삶아 나물로 무치고, 고추장이나 된장에 박아 놓았다가 장아찌로도 먹지. 연한 생거는 데치지 않고도 먹는데, 데치면 아무래도 깨끗하고 연하고 색도 고와. 무를 채 썰어 넣고 젓갈에 무쳐도 맛있어. 보리밥에 넣고 많이 비벼 먹었지."

육지 사람들은 진저리라는 바다풀을 잘 모른다. '진저리'라는 말을 국어사전에서 찾아보면 "1) 몸에 차가운 것이 닿거나 무서움을 느낄 때, 또는 오줌을 눈 뒤에 몸이 부르르 떨리는 것 2) 몹시 귀찮거나 싫증이 나서 끔찍할 때 몸을 떠는 것"이라고 설명되어 있다. 먹는 진저리와 치는 진저리 사이 간극이 멀어도 한참 멀다. 바닷가 사람들에게 진저리는 여느 해초와 마찬가지

로 맛과 추억을 부르는 소중한 먹을거리다.

『한국민속대백과사전』에는 "진저리 모양은 아스파라거스와 비슷하며 특이한 맛은 없으나 입에 넣고 씹으면 부드럽다. 진저리는 영덕군 창포리를 중심으로 포항과 울진 사이의 해역에서만 채취된다. 진저리 채취 시기는 양력 1월부터 3월까지고 길이는 보통 3미터 내외이며 10여 미터에 이르는 것도 있으나 식품으로는 이용되지 않는다. 식용으로는 1미터 내지 1.5미터 내외의 것이 가장 좋다."고 쓰여 있다. 진저리를 채취할 때는 작은 배를 타고 나가 물안경을 쓰고 물 밑을 살피면서 설낫이라고 부르는 도구로 벤다.

"진저리는 고기들이 좋아해. 먹는 게 아니고 진저리 숲에 알을 낳지. 진저리는 깊은 바다에도 많지만 가에도 많았어. 예전에는 낮은 곳 진저리 속에 손을 쑥 넣어 흔들면 손가락 새로 꽁치들이 끼어 올라왔지. 우리 영감님은 그렇게 꽁치를 잡아 왔

다. 메이라고 부르던 망상어도 놀지. 오만 고기가 놀다가 우리가 들어가면 달아나지. 여름에도 진저리를 베는 사람이 있는데 그거는 먹는 게 아니고 거름으로 써."

산에 봄나물이 돋을 때 바다풀도 좋다. 쑥쑥 자란 연한 순을 끊어 나물처럼 데치거나 먹고 또 말렸다. 진저리 끊어 이고 재를 넘어 이십 리 길 영해 장날 팔러 갔다. 내륙 사람들은 장아찌 담근다고 진저리를 찾았다. 보리쌀 한 되 사 가지고 넘어오던 고갯마루로 이젠 씽씽 차가 달린다.

보리가 패기 전엔
톳밥이 최고

톳

미역 다음으로 인기 품목이 톳이었다. 톡톡 씹히는 맛에서 이름을 얻었는지도 모르겠다. 톳은 여느 바다풀처럼 3월경 얕은 바다에서 채취했다. 봄에 포릇포릇하게 올라올 때는 데쳐서 무쳐 먹었다. 푹 삶으면 팥처럼 빨개지지만, 살짝 데치면 파르스름한 게 식욕을 돋웠다. 잘 씻어 바짝 말린 뒤 갈아서 관절 아픈 데 약으로도 썼다. 또 삶아서 말렸다가 물에 담가 불려서 된장에도 무치고 젓갈에도 무치면 오래 두고 먹을 수 있었다. 먹을거리가 풍요롭지 않은 철에 요긴한 반찬으로 쓰인 셈이다.

"우리 큰놈은 학교 갔다 오면 양푼에 보리밥 넣고, 진저리 무친 거 넣고, 고추장 슥슥 비벼서 얼마나 맛있게 먹었는지 몰라. 진저리 나게 먹어서 꼴도 보기 싫을 법 한데 나이 먹을수록 옛날 맛이 그리운가 봐. 가끔 아직도 앞바다에 톳이 나오느냐고 물어. 봄철엔 두레밥상 위로 바다풀만 잔뜩 올라왔지. 옛날에는 그게 좋아서가 아니라 그거밖에 없었으니까 다들 먹었겠지."

보리가 패기 전 톳을 뜯어 밥을 먹었다. 구황 음식으로 최고였던 톳은 줄기를 밥 위에 얹어 톳밥도 지어 먹었다. 잎이 떨어지고 남는 줄기를 데쳐서 잘게 잘라 쌀이나 보리를 섞어 안쳐 그 위에 올렸다. 들판에 나기 시작한 봄 달래를 뜯어 간장 양념장을 만들어 비벼 먹으면 더할 나위 없이 훌륭했다. 약간의 쌀이나 보리쌀에 톳을 넣으면 몇 인분은 거뜬히 불어났다. 또 데친 톳을 물기를 짜 으깬 두부와 버무려 먹기도 한다. 한 뿌리에 한 줄기로 자라는 톳의 줄기는 노끈만 하다. 잎은 인동꽃 봉오리와 비슷한데, 처음은 가늘고 끝으로 갈수록 도톰하다가 다시 끝에 가서는 뾰족해지며 잎의 속은 비어 있다.

『동의보감』이나 『자산어보』에는 토의채(土衣菜) 또는 사슴의 꼬리를 닮았다 하여 녹미채(鹿尾菜)라고 기록하고 있다. 톳은 오래 먹으면 머리카락이 윤택해지고, 산모가 먹으면 뼈가 튼튼해진다고 한다. 제주에서는 된장, 식초를 넣어 물회로도 먹는다. 녹채류보다 식이섬유가 두세 배 많고, 생톳보다 말렸을 때 식이섬유질 양이 더 많아진다. 단백질과 칼슘, 칼륨, 아이오딘(iodine) 함유율이 높아 빈혈과 골다공증 예방, 혈관질환 예방에 도움이 되고, 무기질과 철분이 풍부해 비만과 성인병에도 좋다.

맨날 먹을 수 있나, 어쩌다 좋은 날에 굽지

돌김

동해에도 김이 난다. 동해 돌김에는 달고 짜고 고소한 맛이 고르게 배어 있다. 그 맛을 어찌 흔한 양식 김에 비할까. 동해는 멀리서 보면 그저 파도치는 망망한 바다지만, 바닷속은 많은 바위로 이루어져 있다. 바위들은 아래에 미역을 키우고 위에는 파래나 김을 키운다.

겨울로 가는 길목, 물이 빠지고 바위가 드러나면 김을 뜨러 갔다. 전복 껍데기를 도구로 들고, 미끄러지지 않게 짚신을 신고 갔다. 지금 나오는 운동화나 장화가 아무리 좋아도 짚신만은 못하다. 소쿠리를 대고 김을 긁으면, 바닷물에 씻겨 까맣게 윤이 나는 김이 담겼다. 많을 때는 먼저 건진 김을 깨끗한 바위에 올려 물기를 뺐다. 철사 구하기가 쉬워지자 철사를 꽁꽁 묶은 도구를 만들었고, 구두약 뚜껑도 캔 따개도 바위에 붙은 김을 긁는

돌김이 다닥다닥 붙어도 뜯을 사람이 없어

142

데 요긴했다. 소쿠리에 담아 온 김은 민물에 씻었다. 바위를 긁어 얻다 보니 돌이 들어 있었다. 쌀을 일듯이 몇 번이고 바가지로 일어서 돌을 제거한 뒤 김발에 넣어 말렸다.

"옛날에는 많이 했지. 파도가 탁탁 치면 물이 들었다 났다 하며 자라지. 파도가 키우는 거야. 파란 것은 파래고, 까만 것은 김이지. 그때도 김은 비쌌어. 사리가 되어 바닷물이 가라앉으면 그동안 잠겨 있던 게 드러나는데 온갖 해초가 달라붙어 있지. 그럴 땐 어른 아이 할 것 없이 달라붙어 김을 긁었다. 잡물을 추려 씻어 내고, 물 담은 함지박에 발을 띄우고, 네모난 나무틀 위에 김을 넣어. 한 종지 정도 김을 틀에 넣는데 손으로 곱게, 고르게 펴야 하지. 틀을 들어내고 발을 들어 올리면 반듯한 김 한 장이 나오지. 그러면 들고 가서 돌담에 60도 각도로 세워 말리지. 보통 이틀에서 사흘이면 상품이 되는데, 볕이 좋으면 하루만에도 말라. 크기가 일반 김보다 훨씬 더 길고, 잘 마른 김을 다섯 장씩만 묶어도 두툼했다. 잘 마른 김 묶어 놓으면 사러 오는 사람들이 있었어. 워낙 인기가 좋아 값을 깎지도 않고 잘 사 갔지. 그런데 암만 깨끗이 돌을 발라내도 마르고 나면 조금 보일 때가 있어. 그래서 불에 김을 구우면 먹기 전에 양 손바닥 사이에 넣고 비벼서 털었다. 소죽 끓이는 아궁이에서 불을 꺼내구울 때가 맛있었지. 명절에는 참기름하고 들기름에 섞어 소금 훌훌 뿌려서 손으로 뒤집으며 구웠어. 김은 애도 어른도 모두좋아했다. 하지만, 우리가 뜯는다고 맨날 먹을 수 있나. 어쩌다좋은 날에 굽지."

돌김으로 끓인 국은 참으로 묘한 맛이었다. 하지만 김국에는 복병이 하나 숨어 있는데, 섣부르게 떴다가는 입천장을 데고 마는 것이다. 미세한 기름이 떠 팔팔 끓여도 수증기가 나지 않기 때문이다. 생김을 넣고 끓였지만, 생김이 없을 땐 마른김도 사용했다. 돌김만으로 끓여도 맛이 좋지만, 육고기나 해물을 식성대로 넣고 끓이면 인기가 더 좋았다. 여름엔 냉국으로도 활용했는데, 김을 구워 잘게 부수어 차갑게 식힌 육수에 넣고 볶은 깨를 넣으면 끝이었다. 물론 고명이 있으면 맛은 급상승했다. 마른 김을 간장에 조물조물 무쳐서 도시락 반찬을 싸 주면 신이 나서 학교로 갔다.

"지금도 있는데 안 따. 그게 쪼그리고 앉아 기듯이 매야 해서 허리도 아프고, 다리도 아프고 은근히 힘들거든. 노인들만 남아 따러 갈 사람이 없고, 슈퍼에 가면 다 구워서 파는데 누가 그걸 따다가 널고 말리고 하겠나. 요새는 설날 떡국에 넣는다고 조금씩 따는 사람도 있지만 잘 안 따. 돌김은 겨울이 깊을수록 맛있어. 겨울엔 외려 물이 따시다고 하지만, 뭘 신고 가도 물은 못 막지. 김도 뜯고 바위에 붙은 따개비도 따서 같이 넣고 칼국수 끓여 먹으면 좋다. 우리 아들은 따개비 칼국수 끓여 준다고 하면 좋아서 퍼뜩 들어온다. 그런데도 올해는 다리가 아파 안 땄다. 이제 더는 못 따지 싶다."

푹푹 끓이면 풀이 되는 걸 어찌 알았을까

도박

해녀가 전복을 택배 보내기 위해 스티로폼 상자에 한 줌 젖은 바다풀을 깐다. 미역보다 폭이 넓고, 다시마보다 길이가 짧고 몽탁한 갈색 도박이다. 도박을 깔고 전복을 얹어 보내면 3~4일은 싱싱한 상태 그대로 간다. 전복이 상자 속에서도 부지런히

도박을 먹기 때문이다. 도박은 아직도 많이 나지만 쓰임새는 그리 많지 않다. 곤궁하던 시절 동해안 바닷가 사람들은 도박을 먹기도 했다. 많은 식구가 초봄 보릿고개를 넘을 무렵, 밀가루를 살짝 묻혀 밥 위에 찌면 크게 배는 안 불러도 허기 정도는 채워 주었다.

도박은 두꺼운 가죽질이고, 불규칙한 손바닥 모양이거나 차상(叉狀, 서로 엇걸려 있는 모양)으로 쪼개진다. 엽상체 하부의 뒷면이 바위에 붙어서 자라는데, 길이는 대략 20~30센티미터며 더러는 60센티미터 이상에 달하는 것도 있다. 너비는 5~15센티미터 또는 그 이상이다. 조간대(潮間帶, 밀물과 썰물 때의 해안선 부분) 또는 점심대(漸深帶, 상시 물에 잠겨 있는 부분)의 바위에 붙어서 자란다. 경상북도 동해 연안에서 남해안에 걸쳐 분포하는데, 경상북도 연안의 것이 크고 남해안 서쪽으로 갈수록 작아지며 드물게 분포한다. 도박은 예전부터 은행초(銀杏草)라는 상품명으로 일본에 수출되었다. 도박을 끓이면 접착력이 좋은 상태가 되므로, 풀이 나오기 전엔 끓인 도박을 도배할 때도 쓰고, 석회에 버무려 회벽을 칠하는 데도 이용했다. 지금은 합성수지로 된 대용품이 그 자리를 대신하고 있어 도박은 상품이 되지 않는다.

"육지에도 이 산 저 산이 있잖아. 바닷속도 똑같아. 도박이 예전에는 돈이 제법 됐어. 넙덕한 게 키는 짤막한데 한 뿌리에 끝이 꼬실꼬실한 잎이 소복하게 자라. 여러 종류가 있어. 일하기 바빠 아름다운 거 이런 거 잘 모르지. 숨을 꾹 참고 가는데 풍경 볼 새가 있나. 요즘은 별게 아니지만 예전엔 이 도박도 큰돈이 될 때가 있었지. 없이 사는 사람들은 미끌도박을 끊어 밀가루 묻혀 쪄서 먹고, 못 먹는 꺼끌도박은 팔았다. 그게 끓이면 걸쭉한

평생 기대어 살았다. 동해만 한 빽이 있겠나.

풀이 되거든. 벽지 붙일 때 필요했으니까 말려서 널면 사 가기 바빴어. 그것만 사러 다니는 사람도 있었고, 공장도 있었지. 일본에 수출도 했다. 1970년대, 80년대 초반까지도 찾는 사람들이 있었는데, 이젠 없어."

참도박은 파도가 잔잔한 조수 웅덩이 속 바위 위에 자란다. 표면에 홍색 반점이 있는 경우가 많은데, 자세히 보면 가느다란 해조가 무수히 분지(分枝)하여 자란다. 이것은 애기 얼룩이라 부르는 홍조류다. 개도박은 참도박보다 크기가 더 큰 것도 많고, 형태는 타원형이거나 거의 원형 또는 콩팥 형태이다. 뿌리 근처에 다소 폭이 있는 짧은 줄기가 있고, 성숙하면 양면에 무늬가 많이 생긴다. 큰 것은 세로로 균열이 생기기도 한다. 우리나라 경북 동해와 남해안, 일본 태평양 연안 중부에 주로 살며 다년생이다.

"참 신기해. 옛날 사람들은 어찌 그 깊은 바닷속에 사는 도박이 풀이 되는 줄 알았을까? 머리들이 비상해. 지금은 풀로도 안 쓰고 먹지도 않지만, 바다에는 도박이 많아야 해. 그걸 먹고 소라고 전복이고 다 산다니까. 사람으로 치면 쌀이고 밥인 거지. 감포 바다에는 바위가 많아서 양남에서 연동까지 도박이 많아. 그러니 전복도 많이 나고 맛도 제일 좋지. 물이 세고 바다 맑고 우리 바다가 최고지. 우리 사돈이 인천 사람인데 서해 회만 먹다가 동해 회를 먹어 보곤 기절하듯 탄복을 하더라니까. 서해 사람들 들으면 기분 나쁠지 모르지만, 회고 뭐고 동해 것이 차지고, 달고, 맛있어. 그건 우리 해녀들이 증명해."

해녀가 웃는다. 웃는 모습에서도 바다 향기가 온다. 나이가

해녀가 웃는다. 바다 향기가 온다.

들고, 바위에 무수히 찍혀 둥글어진 무릎은 서서히 탈이 난다. 수술하고 아물면 또 바다로 들어간다. 젖고 마르며 사는 세월이 언제까지가 될지는 모른다. 그저 참을 숨과 놓을 숨 사이에 바다처럼 해녀로 있는 것이다.

물질 관련 용어

갑옷 현재 해녀들이 입는 검정색 잠수복으로 상, 하, 머리 등 세 부분으로 나뉘어 있다. 탄력 있는 재질로 여름용과 겨울용으로 구분되어 있으며, 피부를 보호하고 보온 효과가 뛰어나다. 소쥬를 입을 때는 물질할 때마다 젖은 것을 말려 다시 입어야 하는 과정을 거쳤으나, 갑옷은 작업을 마칠 때까지 착용할 수 있어 수중 작업 시간을 늘리는 데 일조했다. 얇은 내복을 입고 그 위에 입거나 갑옷에 먼저 얇은 내복을 끼운 뒤 입으면 입기가 쉽다. 오래되면 뻑뻑하여 물이나 식용유를 발라서 쓴다. 수중 작업 특성상 몸에 꼭 끼는 옷이다 보니 입고 벗기에 성가신 단점이 있다. 스펀지 옷이라고도 부른다.

겉물 수면 위로 흘러가는 조류

귀마개 경북 해녀들은 주로 껌을 씹어 귀를 막았다. 껌은 귀의 구멍 모양에 맞게 크기가 조절되며 물속에서도 잘 빠지지 않는다. 차가워져 딱딱하게 굳는 것을 방지하기 위해 요즘은 고무찰흙에 껌을 섞어 귀마개를 만든다. 제주 해녀들은 바다에 들어갈 때 밀랍을 끈끈하게 만들어 귓구멍을 막았다. 플라스틱 귀마개도 사용한다.

기세작업 미역이 나는 바위를 호미 등 도구로 긁어서 잡초나 불순물을 제거하는 작업. 해마다 늦가을에 실시하며 짬매기라고도 한다.

까꾸리 문어잡이용으로, 길고 끝이 날카로우며 뾰족하다. 돌 틈에 있는 문어를 찌르며 자극해 밖으로 나오게 하는 데 사용한다. 제주에서는 뭉게까꾸리라고도 한다.

까부리 물수건 대용으로 썼던 모자. 방한모 비슷한 형태로 목에는 넓게 프릴을 달아 목이 타지 않도록 했다. 주로 제주에서 온 해녀들이 사용했으며, 경북 해녀들은 대개 물수건을 썼다.

꼭기 문어잡이나 어패류를 채취할 때 사용하는 도구. 약 30cm 길이며 손잡이가 있다. ㄱ자 모양으로 구부러져 있고 끝이 뾰족하다. 꼭괭이, 가기라고도 부른다. 제주 해녀들은 호맹이, 물호미, 골갱이라고도 부른다.

납아리 스펀지 옷을 입게 되면서 바다로 잠수할 때 부력이 생겨 잠수가 쉽지 않으므로 몸을 무겁게 하여 잠수에 용이하도록 하는 보조 장비. 단단한 고무 끈에 꿰어 허리에 찬다. 나이가 많은 해녀들은 몸의 부력을 많이 받으므로 그만큼 무거운 것을 지니게 된다. 대개는 납덩어리를 넓적하게 주문하여 가슴과 등에도 찬다. 개당 무게가 보통 1~2킬로 정도이므로 자기 체력에 따라 조절한다. 소리 나는 대로 나바리라고도 부르며 납추라고도 한다. 제주에서는 봉돌, 뽕돌, 연철이라고도 한다.

뇌신 오래전 잠수병의 최상의 진정제이자 진통 처방제로 쓰였던 약. 뇌선.

눈뚜갑 물안경을 보관하는 상자. 바다 일에 중요한 물건이나 소중하게 간직해야 할 것들을 넣어 두는 상자로 나무로 만들었다.

눈이 크다 그물의 구멍이 크다.

닻돌 망사리에 매다는 돌로 해녀가 작업하는 동안 망사리가 조수에 밀려 멀리 흘러가는 것을 방지한다. 닻의 역할인 셈이다. 해녀는 자기 작업하고 싶은 장소에 도착하면 이것을 바위틈에 흘려 넣는다. 작업이 끝나면 거둬들여 망사리에 넣고 이동한다.

닻줄 망사리와 닻돌을 연결하는 줄로 작업하는 수심에 따라 다르나 약 15~20미터 정도이다. 수심이 깊은 곳에서 일하는 해녀일수록 닻줄이 길다.

던지기 바닷가에 떠다니는 해조류를 건져 올리는 갈고리. 작살처럼 긴 대나무 끝에 구부러진 쇠고리가 달려 있다. 예전엔 넷 혹은 다섯으로 갈라진 소나무의 가지를 꺾어 와 다듬은 후 거꾸로 매달았다 빠지지 않게 실로 단단히 묶었다. 주로 바닷가에 밀려 나온 미역이나 해초를 건지는 데 사용했다. 끌개, 공쟁이라고도 한다.

두룽박 테왁. 물에 뜨게 하는 공 모양의 기구로 해녀가 수면 위로 올라와 쉴 때 몸을 의지하거나, 헤엄쳐 이동할 때 가슴을 편안하게 얹어 실을 수 있도록 해 준다. 1960년대 스티로폼 테왁이 나오기 전에는 둥글고 알맞은 크기의 박이 이용되었다. 이때 사용하는 박은 기를 때부터 신경을 써서 둥글고 나부작하게 키웠다. 박이 다 익으면 따서 구멍을 내고 꼬챙이를 집어넣어 속을 후벼 판 뒤 그늘과 햇볕, 이슬을 맞히며 정성껏 말린 후 구멍을 잘 막는다. 간혹은 구멍을 파지 않고 마른 박을 그대로 사용하기도 했다. 박에 망사리를 매달기 좋게 줄을 엮어 돌리는데, 잘 깨지지 않게 옷이나 천으로 감은 뒤 줄을 엮었다. 이때 사용되는 줄은 짚으로 꼰 새끼나 칡보다 산포도나무 줄기가 좋다. 사용하지 않을 때는 그늘에 걸어 말렸다. 두렁박, 뒤영박, 콕테왁이라고도 한다. 경상도에서는 부이, 드비, 디비라고도 부른다.

둘썩매기 영덕 창포리 해녀들이 물질을 할 때 거리를 측정하는 방법 중 하나로 미역바위를 중심으로 하여 조금 넘어서면 철썩매기, 더 나가면 둘썩매기라고 부른다.

뚜디기 해녀들이 물에서 나와 젖은 몸을 말리거나 추위를 달래기 위해 바위틈에 불을 피우는데, 그 불을 쬘 때 등이나 어깨에 두른다. 군용 담요를 사용하기도 하고 두꺼운 옷이나 크기가 작은 이불을 사용하기도 한다. 제주에서는 면직물에 솜을 넣어 누벼 만들기도 했다. 뚜데기라고도 한다.

막대저울 우뭇가사리나 도박 등을 달아 무게를 재던 저울. 긴 막대 한쪽에 추를 달고 한쪽에 물건을 달았다.

말똥성게 앙장구, 아까, 둥근성게, 밥성게.

망사리 채취한 해산물을 넣는 그물주머니. 망사리는 테왁에 매달아 한 세트가 된다. 주로 나일론 줄이나 목그물로 해녀들이 직접 짜서 사용한다. 망태기라고도 부른다.

머구리 잠수를 전문으로 하여 물질하는 남자를 칭하는 말.

머굴배 잠수부들이 타는 배. 머구리배.

메파 놓다 문어가 바위틈이나 구멍에 들어가 집을 짓고 돌이나 모래로 입구를 막아 놓은 모습.

물수건 현재의 갑옷이 나오기 전에 쓰던 머리띠. 머리카락이 물속에서 흐트러져 얼굴 또는 시야를 가리는 것을 막기 위해 사용했다. 제주에서는 '이먼거리'라고 한다. 또 광목으로 수건을 만들어 머리 전체를 꽁꽁 묶기도 했다.

물안경 수경. 유리를 주재료로 만들었는데, 테두리 재료에 따라 종류와 명칭이 다르다. 가장 오래된 형태의 물안경은 수영 선수들이 사용하는 것과 같은 두 개짜리이며, 테를 구리나 놋쇠로 만들었다. 이를 작은 쇠눈, 족쇄눈이라고도 한다. 유리알이 하나로 된 안경은 크다고 해서 왕눈, 큰눈이라고 부른다. 왕눈의 경우 테두리를 쇠로 만들었으며 통쇠눈, 테두리가 고무로 된 것은 고무눈이라고 한다.

물양장 수심이 4.5m 미만이고 500G:T급 소형 선박이 접안 하역하는 계선안이다. 주로 어선, 부선 등 접안에 사용된다.

물적삼 고무 잠수복이 보급되기 전까지 해녀들이 입었던 상의. 흰색 광목으로 만들었으며 물의 저항을 최소화하도록 소매

를 일자로 좁게 만들었다. 목은 둥글게 파고 여밈은 매듭단추로
하였다.

미역 망사리　미역 채취용 망사리. 그물의 짜임새가 엉성하
고 폭과 깊이가 헛물 망사리의 두 배쯤 된다.

미역낫　미역이나 톳, 모자반 같은 해조류 채취할 때 사용하
는 낫. 농사할 때 사용하는 낫과 형태는 같으나 바닷물에서 작업
하므로 녹이 슬면 자루가 잘 빠지기 때문에 자루 바깥쪽을 철사
로 고정해 놓았다. 제주에서는 정개호미 또는 종개호미라고도 부
른다.

미역발　미역이나 가자미 등 생선을 널어 말리는 도구. 사각
나무틀에 나일론 줄로 그물 모양을 짠다. 경주 감포에서는 달창
이라고도 한다.

미역짬　미역잠이라고도 하며 미역돌, 미역방구라고도 한다.
미역이 자라는 바위.

바당타다　해녀들이 바다를 탄다는 뜻으로 '수심'을 의미한다.

바드레　지름이 약 30cm 정도 되는 철사를 동그랗게 하고 나
일론 줄을 이용해 자루 형태로 만든 그물. 손잡이 끝에는 고무줄
을 달아 손을 걸도록 했다. 주로 성게 작업을 할 때 바드레에 담
아서 망사리로 옮긴다. 쪽지, 쪽대기라고도 부른다.

바리　잡으러 간다는 뜻(전복바리, 해삼바리…).

백화현상　연안 암반 지역의 해조류가 사라지고 무절석회조
류(無節石灰藻類)가 달라붙어 암반이 흰색으로 변하는 현상. '갯
녹음 현상'이라고도 한다.

버선　오리발을 신을 때 안에 신는 버선으로 재질은 물옷과
같으며 조금 도톰하다. 때로는 시중에 판매하는 일반 버선 중 길
이가 발목 위로 올라오고 딱 맞는 것을 사용하기도 한다.

부락케　모래가 고운 해수욕장 부근 모래밭.

붓조갱이 표지로 사용하는 전복 껍데기. 바닷속에서 탐이 나는 채취물을 만났을 때 그것을 채취할 만큼 숨이 남지 않았을 때 재잠수하여 찾기 쉽게 놓아두는데, 허리에 꾹 눌러 차고 간다. 바위가 많은 경북 동해의 해녀들은 주로 바위로 장소를 기억하며, 붓조갱이는 잘 사용하지 않는다.

빗창 전복을 바위에서 떼어 낼 때 사용하는 도구로 쇠로 만들었다. 너비는 2.5cm 내외. 길쭉하고 넓적하면서도 끝은 날카롭지 않고 둥그스름하다. 끝부분은 구부러져 고리 형태이다. 잡는 부분에 끈을 달아 손목에 감은 후 사용한다. 사용하지 않을 때는 뒤쪽 허리에 비껴 찬다고 해서 빗창이라고 부른다. 길이는 여러 종류이며 해녀의 취향에 따라 긴 것과 짧은 것을 택해 사용한다.

샛조래기 하나의 망사리로 모자랄 것 같을 때 여분으로 가지고 가는 망사리. 제주에서는 조락, 굴룬조락 또는 군조락이라고도 한다.

성게 숟가락 성게를 깬 후 알을 발라낼 때 쓰는 도구로 귀이개처럼 생겼다. 찻숟가락을 갈아 쓰는데 보라성게 용은 조금 크고, 말똥성게 용은 작다.

성게 호맹이 성게 채취용 호미로 바위틈을 후벼 파기에 좋다. 끝이 날카롭고 뾰족하다.

성게채 알루미늄 양푼이나 냄비에 못으로 구멍을 뚫어 숭숭 만든 채. 깐 성게알을 여기에 넣어 살살 흔들면 잡티가 구멍으로 빠져나간다. 요즘은 만들어져 나온 것을 구입해 사용한다. 철철이, 성기채라고도 부른다.

성게칼 끝이 뾰족하고 짧은 칼. 성게소를 꺼내기 위해 성게를 반으로 자를 때 사용한다. 성기칼이라고도 부른다.

세면판 해녀들이 바다로 들어가기 편하게 시멘트로 만든 길.

소쥬 초창기 해녀들이 바다에서 작업할 때 입은 옷으로 수영

복과 비슷하다. 무릎 위 길이로 입고 벗기 편하게 되어 있다. 조
선시대에는 무명으로 해 입다가 일제강점기에 광목에 검정물을
들였다. 잠비, 물옷, 속옷, 소중기, 소중이, 물소중이 등으로 불
렸다.

속물 수면이 아닌 바닷속에서 흘러가는 조류.

수심바리 먼바다에 나간다는 뜻으로 '수심을 탄다'고 표현
하기도 한다.

실개 미역짬을 닦을 때 사용하는 도구. 약 1.5미터 길이 쇠
막대로 끝이 뭉툭해 바위에 붙은 이끼나 잡풀 등 이물질을 긁어
내는 데 유용하다. 씰개, 씰갱이라고도 한다.

쑥주머니 복주머니 형태의 쑥을 담는 주머니. 물안경에 김
이 서리지 않도록 쑥을 이용해 닦는데, 상군 해녀들은 물질 시
간이 길고 깊은 곳 작업을 하므로 물안경 줄에 쑥을 넣은 주머
니를 달았다. 김이 서리면 수시로 닦아 가며 물질을 했다. 요즘
은 치약과 쑥을 섞어 닦기도 하고, 쑥이 없는 계절에는 신문지
와 치약을 쓰기도 한다. 주로 물안경 고무 끈이나 물옷 소매 끝,
토시에 장착한다.

영등 가정과 마을에서 모시는 바람신(神). 영등은 지역에
따라 명칭이 매우 다양하다. 영등 신앙은 제주도와 동남부지방,
특히 영남지방에서 집중적으로 나타나며, 경북 지역에서는 영
등날 새벽 2~3시쯤 닭이 울기 전에 영등신에게 올릴 우물물을
남보다 먼저 길어 오는 '영등물뜨기' 풍속이 성행한다.

오리발 잠수할 때 헤엄치기 쉽도록 발에 끼우는 오리발 모
양의 물건으로 고무 제품이다. 파랑색, 노랑색, 검은색 등 색깔
이 있다. 오리발이 나오기 전에는 맨발로 잠수를 했으나 오리발
이 나온 이후론 모두 오리발을 착용한다.

작살 길이 1.3미터 정도로 살끝과 살대로 이루어졌다. 살

끝에는 뾰족한 쇠살촉을 부착했다. 살대 끝에는 고무줄 손잡이를 달아 추진력을 얻는다. 왼손으로 살대를 잡고 오른손 엄지에 고무줄을 끼운 뒤 오른손을 작살 앞부분으로 이동시켜 3/5 되는 부분을 잡고 손을 놓는다. 쇠살촉이 하나인 것은 외가달 소살이라고 한다. 양가달 소살은 앞부분에 갈라진 나뭇가지를 이용한 작살로 큰 물고기 잡을 때 사용한다. 문어를 잡을 때도 사용한다. 소살, 창살.

장갑 물속에서 해산물을 채취할 때 끼는 장갑. 주로 실로 된 목장갑을 사용한다. 제주에서는 광목을 손바느질해 만든 복닥을 사용한다. 복닥은 '씌운다'는 제주 방언으로 손가락 끝을 노출시켜 채취에 쉽게 만들었지만, 동해 해녀들은 끝을 자르지 않은 장갑을 쓴다. 겨울에 작업할 때는 보온을 위해 고무장갑 위에 목장갑을 낀다.

쟁반 납작하고 둥근 양은 재질의 그릇으로 바닷물을 조금 부은 뒤 성게알을 담아 좌우로 살살 흔들며 이물질을 고르기 쉽게 펴는 데 사용되는 도구. 주로 오봉이라고 부른다.

조래기 망사리가 가방이라면 조래기는 동전지갑인 셈이다. 촘촘하게 짜서 망사리 속에 매달아 넣는데 작은 채취물이나 귀한 채취물을 담았다. 제주에서는 조락, 혼아리, 홍사리라고도 한다.

짬 각종 해조류와 어패류가 서식하는 바위를 부르는 말로 잠, 방구, 바우라고 한다.

파치조락 채취하다 물건의 형태가 상하거나 하는 경우, 돈을 받고 팔 수는 없지만 버리기 아까운 것을 넣는 망사리.

팔세 조금 거리가 있는 전복 등 어패류를 뗄 때 작업하는 도구. 30cm 정도 길이로 끝이 납작하고 길쭉한 쇠붙이다. 제주에서는 빗창, 경북에서는 빗창, 팔세, 파세를 같이 쓴다.

퐁당자무질 두룽박 없이 맨몸에 쌍눈 수경을 쓰고 서툰 물질을 하는 것.

핀셋 성게 몸에서 알을 분리한 후 껍데기 등 이물질을 골라내는 도구로 시중에서 사용하는 핀셋을 이용한다.

하도불 잠비를 입을 당시 주위 나뭇가지를 모아 몸을 말리기 위해 피우던 불.

해녀병 고압의 물속에서 체내에 축적된 질소가 완전히 배출되지 않고 혈관이나 몸속에 기포를 만들어 생기는 병으로, 해녀들의 직업병이라고도 할 수 있다. 물병이라고도 한다.

헛물 망사리 헛물이란 헛물질의 줄임말로 특정한 해산물을 중점적으로 채취하는 것이 아니라 눈에 띄는 것을 잡는 작업을 말한다. 대개 전복이나 소라 등을 채취할 때 사용하는 망사리로 미역을 거둘 때 쓰는 망사리보다 약간 촘촘하다.

헛물 작업 주로 겨울에 하는 작업으로 일정한 채취 품목을 정하지 않고 자유롭게 물질을 하는 것. 이때 채취한 것은 해녀들 개인이 갖는다. 비정기적으로 있으며, 해녀들이 원하면 어촌계에서 날을 잡는다.

형설 채집물을 넣는 동그란 그물.

호맹이 호미와 같이 생겼으나 잡는 해산물에 따라 끝이 뾰족하거나 납작하게 만든 것. 갈쿠리, 골각지라고도 한다.

숨과 숨 사이 해녀가 산다 - 동해안 해녀가 길어 올린 삶과 맛
2020년 12월 31일 1판 1쇄 펴냄

지은이   권선희
펴낸이   김성규
편집   김은경 미순 조혜주
디자인   김동선
펴낸곳   걷는사람
주소   서울 마포구 월드컵로16길 51 서교자이빌 304호
전화   02 323 2602
팩스   02 323 2603
등록   2016년 11월 18일 제25100-2016-000083호

ISBN 979-11-91262-19-3   04810

* 이 책은 문화체육관광부와 경상북도 환동해지역본부의 지원으로 발간되었습니다.